Wald der Wunder
Fantasy Romance

W0308234

J. Vellguth
Wald der Wunder – Fantasy Romance

ISBN-13: 978-1537315447
ISBN-10: 1537315447
Plot-Lektorat: Anne Paulsen
Korrektorat: Georgia Räder

1. Auflage 2016 Brühl

URL: www.JVellguth.de

Wald der Wunder

Fantasy Romance

J. Vellguth

Für Claudia

Kapitel 1

Ihre Turnschuhe sanken immer wieder in den feuchten Waldboden ein und es war nur eine Frage der Zeit, bis sie nasse Socken bekommen würde.

Aber Lea stapfte trotzdem zwischen Tannen, Laubbäumen, Farnen und Gestrüpp den Berg hinauf und konzentrierte sich auf ihr Ziel. Eine fast freie Woche, mit ein bisschen Putzen für den Chef und hoffentlich genug Zeit, um ihre Selbständigkeit weiter auszubauen.

Wenn die erst einmal lief, war sie ihr eigener Chef. Dann könnte sie sich ihre Zeit selber einteilen und wäre endlich auf niemanden mehr angewiesen.

Wie lange sie sich schon wünschte, ihr Grafik-Design-Studio in Vollzeit betreiben zu können.

Studio, sie lachte in sich hinein. Aber hey, immerhin brauchte sie nicht mehr als ihren Laptop und das Internet, um zu arbeiten. Da durfte sie ihren Küchentisch wohl mit Fug und Recht auch als ihr Studio bezeichnen, oder?

Noch war es allerdings ein weiter Weg, nicht nur bis zur Vollzeit-Selbständigkeit, sondern auch zur Hütte.

Ein Blick auf das ausgetrocknete Flussbett sagte ihr, dass sie wenigstens noch in die richtige Richtung ging.

Herr Walter hatte gesagt, sie könne die Hütte so überhaupt nicht verfehlen.

Allerdings war *Flussbett* schon eine ziemliche Übertreibung. Mit viel gutem Willen war die halb zugewachsene Mulde irgendwann mal ein Bächlein gewesen.

Hart schlug sie sich auf ihren bloßen Oberarm. Das Klatschen hallte zwischen den Bäumen hindurch, irgendwo schrie ein Vogel. Leas Haut brannte, aber sie hatte die blöde Mücke natürlich nicht erwischt.

Sie seufzte. Es gab schon einen Grund, weshalb sie mit Natur nicht viel anzufangen wusste. Sie hätte süßes Blut, pflegte ihre Großmutter zu sagen. Etliche Campingurlaube mit ihrem Vater hatten das immer wieder aufs Neue bestätigt.

Natur? Nein, das war einfach nichts für sie.

Überall grün, grün und nochmal grün. Wieder sank ihr Fuß tief in den moosigen Boden ein.

Ihr Chef hatte sie vorgewarnt, dass sie das letzte Stück zu Fuß gehen musste. Aber wie hätte sie ahnen sollen, dass er damit meinte, sie müsse sich mitten durchs Unterholz schlagen?

Sie hatte mit einem schmalen Weg gerechnet, im schlimmsten Fall aus Schotter. Aber das hier?

Schwarzwald.

Wer bitte schön machte freiwillig Urlaub im Schwarzwald?

Oh, ich hab eine nette kleine Hütte in der Nähe von Todtnau. Meine Frau will unbedingt unseren nächsten Urlaub dort verbringen. Wenn Sie das Häuschen für mich auf Vordermann bringen, rechne ich Ihnen das hoch an.

Ihre Mutter sagte immer, Lea wäre zu nett, sie müsste auch mal lernen *nein* zu sagen. Lea fiel es genauso schwer Hilfe auszuschlagen, wie sie anzunehmen.

Aber in diesem Fall war das ganz bestimmt anders. Natürlich wollte sie ihrem Chef auch helfen, aber die Aussicht auf bezahlte Überstunden und vor allem auf eine ruhige Zeit ohne Ablenkung hatten den Ausschlag gegeben.

Sie marschierte weiter und hoffte, dass sich der ganze Aufwand am Ende lohnen würde. Denn so, wie es im Augenblick aussah, hätte sie vielleicht doch besser einfach die Klappe gehalten.

Sie blieb kurz stehen, zog ihr Handy aus der Hose und prüfte das Telefonnetz. Ein einziger Balken schimmerte auf dem Display. Das versprach nicht gerade eine vernünftige Internetverbindung. Was ihre Arbeit so gut wie unmöglich machen würde.

Da trudelte auch schon eine SMS von ihrem neuesten Kunden ein, um ihr mitzuteilen, dass er seine Entwürfe am liebsten gestern schon gehabt hätte. Lea seufzte. Vielleicht hatte das schlechte Netz ja auch seine Vorteile, denn bisher hatte sie nicht die geringste Idee für diesen Auftrag gehabt.

Wie auch immer, sie würde das Beste daraus machen.

Der eine Balken verschwand von ihrem Display. Lea hielt das Handy in die Luft, da tauchte er wieder auf.

Sie teilte dem Kunden schnell mit, dass sie sich melden würde, sobald sie eine bessere Verbindung habe und tippte dann noch schnell eine Nachricht für Bibi.

Bin fast da. Reinste Pampa. Kaum Netz. Melde mich, wenn es geht. Küsschen. Dein Schnuffel.

Lea grinste vor sich hin. *Schnuffel* war das Codewort. Wenn es ihr gut ging, unterschrieb sie mit Schnuffel. Sollte sie aber mit *Lea* unterschreiben, dann würde ihre Schwester umgehend auf der Türschwelle auftauchen. So war zumindest der Plan.

Ihre Schwester hatte manchmal die verrücktesten Einfälle. Im Moment war sie zum Beispiel felsenfest davon überzeugt, dass Lea im Wald von Bruno dem Axtmörder entführt werden würde. So ein völlig bescheuerter Gedanke. Der Wald war gähnend leer und still.

Eigentlich hatte Lea mit der Nachricht bis zu ihrer Ankunft warten wollen, befürchtete aber einen totalen Netzausfall. Also blickte sie sich Bibi zuliebe noch einmal gründlich um. Baumstamm neben Baumstamm und hüfthohes Unkraut neben Unkraut. Ein richtiger Urwald. Später würde sie sich nach Zecken absuchen müssen.

Aber eins nach dem anderen. Mit einem Seufzen drückte sie auf *Senden*. Der Balken war schon wieder verschwunden. Sie hielt das Handy hoch über ihren Kopf und setzte sich mit ausgestrecktem Arm wieder in Bewegung.

Da, endlich, die Bestätigung blinkte auf, die SMS war versandt. Lea schob sich eine braune Strähne aus der Stirn, steckte das Handy in die Hosentasche und stieg über eine Wurzel. Dabei kam sie zu dicht an den Nachbarbaum, ihr Rucksack verfing sich an einem Ast und machte ein unschönes, reißendes Geräusch. Sie setzte ihn ab und erkannte, dass der Träger unten halb ausgerissen war.

Es wurde einfach immer besser.

Irgendwo im Unterholz knackte ein Ast und Lea sprang fast das Herz aus der Brust. Sie lauschte angestrengt und wünschte sich für einen panischen Augenblick, dass sie die SMS an Bibi doch erst in der Hütte abgeschickt hätte.

Dafür war es jetzt allerdings zu spät. Sie fingerte das Telefon wieder heraus, während sie versuchte, so leise wie möglich weiterzugehen.

Das war natürlich nur ein Tier. Ganz bestimmt. Ein verdammt großes Tier.

Das war alles.

Noch ein Knacken.

»Hallo?«, rief sie und bereute es sofort wieder. Aber wenn es ein Axtmörder war, dann würde er sie bei ihrem Geräuschpegel sowieso finden. Und ein Tier würde von dem Schrei hoffentlich verscheucht werden, oder?

Ob es hier Wölfe gab? Oder Bären?

Ein Knacken, ein reißendes Krachen und dann ein dumpfer Fall. Ein Ast! Die Erleichterung rauschte durch ihre Adern wie frisches Eiswasser.

Gott sei Dank, kein Axtmörder und auch kein Bär. Aber trotzdem ließen sie die Gedanken an wilde Tiere nicht mehr los.

Sie hatte irgendwo gelesen, dass man viel Krach machen sollte, um Raubtiere auf Abstand zu halten.

Also suchte sie in ihrem Handy nach Musik und steckte es halb in ihren Rucksack. *Schandmaul* schepperte in voller Lautstärke durch die Bäume.

Fresst das, ihr finsteren Bären – falls es euch überhaupt gibt.

Schwer atmend ging sie weiter den Berg hinauf. Ihre Kondition hatte sich komplett verabschiedet, seit sie in dem Architekturbüro arbeitete. Wenn sie wieder zu Hause war, musste sie unbedingt ihre Joggingschuhe wieder rauskramen.

Während sie über einen moosigen Baumstamm stieg, der Ähnlichkeit mit einem kleinen Elefanten hatte, freute sie sich schon wieder auf den Abstieg. Wenn's vorher noch wie angekündigt ordentlich regnete, legte sie auf dem Rückweg eine wunderschöne Rutschpartie hin.

Sie konnte sich beim besten Willen nicht vorstellen, was die Frau vom Chef hier wollte, mit ihren Stöckelschuhen und ihren weißen Designerkostümen. Lea kam sich mit Jeans und Turnschuhen schon falsch angezogen vor, aber die Frau vom Chef …

Egal, das ging sie nichts an.

Sie konzentrierte sich wieder auf die bezahlten Überstunden, auf die Zeit für ihre Selbstständigkeit. Und wenn sie erst mal ihre kreative Flaute überstanden hatte, würde es auch da wieder aufwärtsgehen, das konnte sie spüren.

Aufwärts. Hah! Scherzkeks.

Auf jeden Fall würde sie Bibi für den Kundenkontakt einstellen, sobald sie es sich leisten konnte, dann wären sie ein echtes Familienunternehmen und sie konnte sich ganz auf den kreativen Teil konzentrieren. Zu schön, um wahr zu sein.

Trotzdem hielt sie sich an diesem Gedanken fest, während sie weiter zu den Tönen von *Schandmaul* den Hang hinaufstieg.

***

Blätterrauschen, blauer Himmel, Wassertropfen, die auf grauen Stein klopften. Fynn plätscherte eine leise Weise, während er flüssig und durchsichtig über den Felsen in die Quelle sprang.

Ein Vogel zwitscherte an seinem Ufer und der Tonfall verriet ihm, dass dem gefiederten Freund sein glitzerndes Wasserspiel gefiel. Also sprang er noch übermütiger zwischen den Steinen umher.

Hier, zwischen dem glucksenden Hüpfen und den sprühenden Wasserkronen fühlte er sich frei und eins mit allem um sich herum.

Ein Ast fiel nur zwei Felsebenen tiefer krachend von einer großen Eiche. Der letzte Sturm hatte ihn schon fast abgebrochen, jetzt war der Baum endlich von dem Gewicht befreit.

Rascheln, Knacken, Stöhnen und dann ein anhaltendes Scheppern. Das klang nach Mensch. Fynn gluckste leiser vor sich hin und lauschte.

Trotz der vielen Sommer, die seit seiner letzten Begegnung mit den Menschen vergangen waren, lebte die Erinnerung noch frisch zwischen dem Glucksen der Strömung. Sein Plätschern verstummte fast.

Allerdings war er sich nach all der Zeit nicht ganz sicher.

Das wäre erschreckend.

Und wunderbar.

Denn neben seiner letzten Begegnung mit den Menschen drängten sich nun auch andere Dinge wieder in sein Bewusstsein. Diese Wesen waren unheimlich faszinierend. Sie kleideten sich in Stoffe, ihr Geruch stach in der Nase und sie sprachen über die merkwürdigsten Dinge.

Sie erzählten Geschichten.

Es hatte ihm stets viel Freude bereitet, sie zu beobachten und ihren Gesprächen zuzuhören. Bis zu dem Tag, an dem sie den Wald für lange Zeit verlassen sollten.

Der Tag, an dem er begonnen hatte, das Flussbett auszutrocknen. Seither blieb er lieber an der Quelle oder tief unten im Fels. So gab es aber leider auch keine neuen Geschichten mehr.

Und er liebte Geschichten.

Vielleicht war es ja gar kein Mensch, vielleicht hatte er sich geirrt. Und sollte er doch recht behalten, musste er sich ja nicht zeigen.

Er wölbte sich aus dem Wasser empor, wuchs in die Höhe, nahm Form an und wurde Fleisch.

Er hatte seine menschliche Gestalt schon so lange nicht mehr angenommen, dass es sich ganz seltsam anfühlte. So statisch und fest und hart. So … endlich.

Der Wind legte sich kühl auf seine Haut. Das Wasser im Waldboden flüsterte von einer jungen Frau und eine rotgoldene Fee ließ sich flatternd auf seiner Schulter nieder.

Sie flüsterte ungestüm in sein Ohr. Denn natürlich hatten die Feen das Menschenwesen längst entdeckt. Die rote hier hatte den Mensch sogar gezwickt, weil ihr der Geruch nicht gefallen hatte.

Fynn lachte über die Aufregung des kleinen Wesens. Das Gefühl in seiner Kehle war ungewohnt und alt. Er hatte es vermisst.

Aber wenn er flüssig war, konnte er das leicht vergessen. Dann verging die Zeit ganz anders, dann war alles eins, langsam und schnell.

Er blinzelte in das Licht zwischen den Bäumen und lauschte wieder dem Scheppern. Wenn seine Ohren sich recht erinnerten, dann konnte das Musik sein. Er liebte

Musik. Auch oder gerade weil sie sich so anders anhörte als die Klänge der Natur.

Ganz leise vor sich hin summend ließ er die Quelle hinter sich und kletterte den Felsen hinunter.

Forschend hielt er die Nase in den Wind. Die rote Fee surrte um seinen Kopf herum und verschwand zwischen den Bäumen, weg von dem Menschen.

Er selbst nahm die fremde Witterung auf. Sie roch tatsächlich sehr seltsam. Nach Blumen und doch irgendwie bitter. Aber darunter, tief versteckt unter dicken Lagen fremder Aromen, vibrierte ein zarter Duft, ihre ureigene Note, süß und frisch – kaum wahrzunehmen, nur zu ahnen.

Er fragte sich, warum Menschen ihren Geruch versteckten. Hatten sie das früher schon getan? War das neu?

Vielleicht befürchteten sie, verzaubert zu werden, wenn man ihren wahren Duft erkannte. So wie eine Fee niemals ihren Namen verraten würde, damit man sie nicht verfluchen konnte.

Das war natürlich reiner Aberglaube. Für einen Fluch brauchte es wesentlich mehr und doch viel weniger.

Fynn versteckte sich hinter einem Baumstamm, er spürte kühle Rinde unter seinen Fingern, raue, dicke Borke. Dann sah er sie zum ersten Mal.

Der Schlag seines lange vergessenen Herzens beschleunigte sich. Sie war wunderschön. Für einen Menschen, versteht sich.

Ihr langes Haar sprang in unbändigen Wellen über ihre Schultern, braun wie feuchtes Holz und alter Waldboden, glänzend, wild und voller Leben, wie das Wasser einer frischen Quelle. Ihre Augen waren dunkel und huschten aufgeregt durch das Unterholz. Ein gehetztes Reh. Er konnte ihren Pulsschlag hören, wie er durch ihre Brust raste, schnelle, eifrige Flügelschläge, die in den Himmel stoben.

Ihm wurde warm. An diese Empfindung konnte er sich nicht erinnern, es war so lange her, dass er einen Körper gehabt hatte.

Aber woher kam dieses Geräusch. Eine Mischung aus Gesang, süßen Klängen und merkwürdigem Scheppern? Sie bewegte ihre Lippen nicht und die dunkle Stimme wollte nicht zu ihrer schmalen Statur passen. Sie führte kein Instrument und doch klangen Töne aus ihrer Tasche und verloren sich im Moos und Farn des Unterholzes.

Fynn folgte ihr, aber zeigte sich nicht. Er wusste, wie die Menschen reagieren konnten. Auf Wassergeister, genauso wie auf Nacktheit. Dunkel erinnerte er sich an das letzte Mal.

Nein, er würde sie nur beobachten und herausfinden, woher diese Musik kam. Vielleicht hatte er Glück und sie brachte eine Begleitung, dann würden sie sich gegenseitig Geschichten erzählen und er würde mehr von der heutigen Welt erfahren. Wie sie sich verändert hatte, was neu und was alt war.

Ja, dieses Wesen am Ufer seines alten Bettes versprach frische Ideen und neue Geschichten.

Kapitel 2

Endlich entdeckte sie etwas, das eine Hütte sein konnte. Es lehnte sich zwischen den Bäumen an den grauen Felsen, der fast senkrecht in die Höhe ragte.

Die verwitterten Holzwände des Häuschens waren dunkel vom Regen der vergangenen Tage, genau wie die verschnörkelte Schnitzerei über dem Eingang. An der rechten Ecke rankte sich Efeu die Wand empor und tat sein Möglichstes, das morsche Holz zu verschlucken.

Ein merkwürdiger Buckel erhob sich auf der linken Seite des Spitzdaches und darunter saß eine Art große Regentonne. *Aha, die Zisterne.*

Lea konnte nur hoffen, dass es drinnen wenigstens trocken war und sie keine Dachdecker bestellen musste. Aber auch darum würde sie sich im Zweifelsfall kümmern, dafür war sie schließlich hier. Nur den Geräteschuppen mit dem Generator konnte sie nirgends entdecken.

Aber zuerst einmal wollte sie ihren Rucksack loswerden und einen Augenblick verschnaufen.

Dann konnte sie den Laden wieder in Schuss bringen und mit ein bisschen Glück war sie Montag schon wieder in der Stadt.

Optimistisch betrachtet.

Lieber ein Optimist, der unrecht hat, als ein Pessimist, der recht hat, zitierte sie in Gedanken einen Lieblingsspruch ihrer Großmutter.

Erschöpft ließ sie ihren Rucksack gleich neben dem Eingang fallen und schaltete die Musik ab. Herr Walter hatte ihr einen Schlüssel mitgegeben, den sie jetzt aus der Hosentasche zog.

Tatsächlich passte er und das Schloss ließ sich mit ein wenig Ruckeln öffnen. Vielleicht hatte sie Glück und alles war nur halb so schlimm.

Sie schob die Tür auf. Drinnen war es finster und es roch staubig. Besser staubig als feucht. Sie benutzte ihren Rucksack als Türstopper und fingerte nach dem Lichtschalter.

Klick.

Nichts passierte. Natürlich. Erst musste sie den Generator zum Laufen bringen, Benzin war angeblich vorhanden. Vorausgesetzt, dass sie den Geräteschuppen fand.

Im Dämmerlicht erkannte sie einen Tisch, eine Bank, zwei Stühle und an der gegenüberliegenden Wand etwas, das eine Küchenzeile mit Hängeschränken hätte sein können. Erst mal brauchte sie mehr Licht.

Sie ging außen um das Haus herum, öffnete die Fensterläden und befestigte sie mit den dafür vorgesehenen Haken. Wenigstens einer davon musste festgeschraubt werden. Sie machte sich eine Notiz auf ihrer mentalen Liste. Wahrscheinlich sollte sie besser einen Zettel nehmen, aber erst mal wollte sie vernünftig ankommen und auf die Toilette musste sie auch.

Als sie sich wieder zur Tür drehte, hätte sie schwören können, dass sie eine Bewegung sah. Vielleicht ein Tier, das hinter einem Baum verschwand. Ein Eichhörnchen? Oder doch eher ihr Axtmörder? Ein mulmiges Gefühl breitete sich in ihrer Magengrube aus.

Sie ging schnell wieder nach drinnen. Mit ein bisschen Licht sah die Wohnung gleich viel gemütlicher aus. Die Holzwände waren hell und das dunkelrote Sofa neben dem kleinen Kaminofen, den sie eben in seiner dunklen Ecke übersehen hatte, wirkte richtig urig. Nur das pastellfarbene Blümchenmuster auf den Stuhlpolstern war ausgeblichen und ziemlich omahaft.

Sie beschloss, dass sie die austauschen würde, wenn sie ins Dorf ging, um die Sachen von ihrer Reparaturliste zu besorgen.

Bei dem beschwerlichen Weg würde sie das – wenn möglich – nur einmal machen. Also brauchte sie auch noch eine Einkaufsliste. Fensterladenhalter, Stuhlpolster und Mückenspray standen schon mal drauf.

Die Küchenzeile war nichts weiter als eine dicke, hölzerne Arbeitsplatte mit einer Spüle. Unten drunter ein kleiner Kühlschrank, der einen Spalt breit offen stand, und irgendwo hier sollte es einen Gaskocher geben.

Eine der beiden Türen führte ins Schlafzimmer, die andere ins Bad, so viel wusste Lea aus den Beschreibungen.

Sie probierte die erste Tür. Licht fiel von draußen herein. Um das Doppelbett war gerade genug Platz, um herum zu laufen. Links gab es einen Einbauschrank mit Bettzeug drin. Aber darum würde sie sich später kümmern.

Hinter der zweiten Tür war der Raum bis auf Brusthöhe cremefarben gekachelt, es gab eine schneeweiße Badewanne mit Duschkopf, einen rosa Blümchenduschvorhang und eine stinknormale Toilette.

Sie war erleichtert, dass der Chef nicht übertrieben hatte, als er mit stolz geschwellter Brust von seiner Sickergrube erzählt hatte. Lea vermutete, dass sein verschwörerisches Zwinkern bei dieser Geschichte bedeutete, dass er sie nicht ganz legal gebaut hatte. Aber erstens gab es nichts, was sie dagegen tun konnte und zweitens war sie heilfroh, dass sie sich nicht auf ein Plumpsklo oder, schlimmer noch, in den Wald hocken musste.

Es fing sie schon an zu kribbeln, wenn sie nur an das Viehzeug dachte, das ihr sonst über den Allerwertesten krabbeln könnte.

Schauerlich.

Auf der Rolle war sogar noch Klopapier und die Badewanne lachte sie an.

Angeblich gab es sogar warmes Wasser, wenn sie den Generator zum Laufen brachte, auch mit einem Augenzwinkern. Herr Walter hatte ausdrücklich gesagt, dass sie den Regenwassertank sparsam benutzen solle, damit seine Frau sich später so richtig wohl fühlen könne. Aber gegen eine Dusche würde er wohl nichts einzuwenden haben. Vor allem nicht nach dem Aufstieg.

Lea drehte den Hahn vom Waschbecken auf, aber nichts passierte.

Sie war verwirrt. Der Tank sollte doch eigentlich randvoll sein. Oder musste sie dafür irgendeinen Hebel umlegen? Der Chef war so damit beschäftigt gewesen, ihr den Generator zu erklären, dass er nur nebenbei etwas von Eimern erwähnt hatte. Aber wie genau diese Konstruktion aussehen sollte, hatte Lea sich nicht vorstellen können. Wer eine Sickergrube besaß und warmes Wasser produzieren konnte, musste sich doch bestimmt nicht in Eimern die Hände waschen.

Sie ging zum Eingang und wieder huschte etwas vor dem Fenster vorbei – ganz sicher. Oder doch nicht?

Ihr Herzschlag beschleunigte sich. Sie durfte bloß nicht an heute Abend denken, wenn es dunkel wurde. Bis dahin musste auf jeden Fall der Generator laufen.

Sie hatte nicht vor, die ganze Nacht allein im Dunkeln zu verbringen. Zum Glück hatte sie ihr Handy, das musste dann als Notfallbeleuchtung herhalten. Die Frage war nur, ob der Akku die ganze Nacht durchhalten würde.

Sie steckte vorsichtig ihren Kopf aus der Tür, aber da war weit und breit nichts zu sehen. Bäume natürlich, Büsche, Holz, Laub auf dem Boden, all so etwas. Aber sonst – gar nichts.

Lea, du machst dich noch selber komplett verrückt.

Die Blätter und Zweige rauschten im Wind, Vögel zwitscherten. Ganz langsam beruhigte sich ihr Herzschlag, auch wenn sie wieder an Bruno den Axtmörder denken musste.

Aber je länger sie hier stand und sich Sorgen machte, desto eher würde es Abend werden. Also ging sie schnell nach draußen und warf einen Blick auf das Dach. Der Tank, der dort befestigt war, sah nicht gerade groß aus. Er hatte sogar eine Füllstandanzeige und die stand auf: gähnend leer. Außerdem gab es keine Verbindung zu der Zisterne darunter.

Lea sah die Leiter, den Eimer und konnte sich plötzlich sehr gut vorstellen, wie das funktionierte: hochklettern und bei Bedarf nachfüllen.

Sie bückte sich zu dem kleinen Ventil, um die Wasserfarbe zu prüfen, und rechnete mit Grünlich bis Grau.

Stattdessen kam gar nichts. Auch die Zisterne war offensichtlich leer.

Sie prüfte den Zufluss aus der Regenrinne. Der war frei, auch das Ventil stand offen. Das war merkwürdig. Eigentlich müsste das Fass doch überquellen. Sie betrachtete das ehemals weiße Plastik genauer und entdeckte einen langen Riss an der vorderen Ecke, etwa ab der Hälfte bis ganz nach unten. Es wurde immer besser.

Was jetzt?

Ihr Chef hatte etwas von einer Quelle erzählt, die es in der Nähe geben sollte. Für den Notfall, hatte er gesagt. Lea warf einen skeptischen Blick auf den steilen Felsen hinter der Hütte. Angeblich gab es einen ganz einfachen Aufstieg.

Sie seufzte, schnappte sich den Eimer und machte sich auf den Weg. Abschließen brauchte sie wohl nicht. Außer Bruno dem Axtmörder war hier draußen wohl niemand unterwegs und Bruno klopfte ganz sicher nicht an.

* * *

Die Menschenfrau ging ins Haus, kam wieder hinaus und lief drum herum. Offensichtlich hatte sie vor zu bleiben. Das war gut. Das hieß, er hatte mehr Zeit, um ihre Geschichten zu erfahren.

Menschen waren wesentlich zu flüchtig. Sie huschten durch die Wälder und waren schneller wieder verschwunden, als man gucken konnte.

Keiner blieb lange genug, um Wurzeln zu schlagen. Aber Wurzeln waren so wichtig.

Zweimal hätte sie ihn fast gesehen. Unverzeihlich. Aber seine Glieder fühlten sich so starr und unbeweglich an. Er konnte sich noch vage an das letzte Mal erinnern, als er sich in einen Menschen verwandelt hatte, da war er wesentlich beweglicher gewesen. Aber da hatte er auch mehr Zeit in diesem Körper verbracht.

War es so lange her?

Es war schwer, die Sommer abzuschätzen. Der Wald hatte sich natürlich verändert. Aber davon wusste er, denn das Wasser hatte es ihm erzählt.

Zeit veränderte alles, immer, jeden Tag.

Er beobachtete, wie sie den Felsen hinaufkletterte und konnte sein Glück kaum fassen. Vielleicht würde sie sich an sein Ufer setzen und singen oder dem Wald Geschichten erzählen. Er würde ihr lauschen und die ganze Welt neu entdecken. Bis dieses schimmernde Juwel wieder und für immer verschwand.

Kapitel 3

Der Weg, der eigentlich nur aus Trittsteinen bestand, war rutschig und steil. Verrottende Blätter und Moos machten es ihr nicht gerade leichter, dazu hatten sich mindestens zwei Dutzend Mücken auf ihrer Haut verewigt und juckende Beulen hinterlassen. Vielleicht war es auch nur *eine* Mücke gewesen. Ein fetter, verfressener Blutsauger, der sie als All-you-can-eat-Buffet benutzte.

Sie freute sich schon darauf, endlich den Generator zu finden und einfach nur den Rest des Nachmittags ausspannen konnte. Mochten ihre Listen und Aufgaben ausnahmsweise mal bis morgen warten. Heute war schon genug schiefgegangen.

Vielleicht kam sie sogar ins Internet und wenn nicht, würde sie sich einen Film von ihrer Festplatte ansehen oder noch besser, in einem Buch versinken. Klang beides gut. Besser als Wald und Fels und Mücken.

Links neben ihr ging es fast senkrecht nach unten und rechts ganz steil hinauf. Lea fühlte sich ein bisschen wie in einem *Herr der Ringe* Adventure Game.

Als sie schon nicht mehr glaubte, heute überhaupt noch irgendwo anzukommen, hörte sie etwas. Ein leises Gurgeln, ein winziges Plätschern – Wasser.

Also hatte sie doch noch ein bisschen Glück.

Sie drückte sich am Fels entlang, den schmalen Weg weiter nach oben und das Geräusch wurde allmählich lauter. Abrupt endete die Wand zu ihrer Rechten und es öffnete sich der Fels zu einer weiten Fläche. Ein kleiner, glasklarer See erstreckte sich vor ihr, der sich tief in den Stein gegraben hatte. Rechts sprang eine Quelle glucksend und sprudelnd aus dem Gestein.

Lea musste ehrlich zugeben, dass es hier verdammt hübsch aussah. Da konnte keiner der brackigen Weiher aus ihren Campingurlauben mithalten.

Ein sprudelndes, wippendes Meer aus glitzernden Spiegelwellen auf kalkweißem Grund. Sie ließ sich ans Ufer fallen und lehnte sich gegen den Stein. Ihr Herz pumpte, der Atem ging schnell und sie merkte erst jetzt, wie anstrengend der Aufstieg gewesen war. Sofort dachte sie wieder an ihre Joggingschuhe und warf einen sehnsüchtigen Blick auf das sprudelnde Wasser. Ob man es trinken konnte?

Klar genug sah es auf jeden Fall aus. Trotzdem sollte sie es wahrscheinlich vorher abkochen. Aber was war schon die Aussicht auf ein bisschen Bauchweh gegen einen erfrischenden Schluck, um ihren Durst zu stillen?

Sie stellte den Eimer zur Seite und krabbelte ans Wasser. Es war glasklar und unheimlich tief. Wie reinster Kristall glitzerte es in der Nachmittagssonne. Ein echtes Juwel, eingelassen in grauen Stein.

Sie tauchte ihre Finger ins kühle Nass und trank einen Schluck. Es schmeckte unglaublich gut. Sie hatte so etwas noch nie über Wasser gesagt, denn eigentlich schmeckte es ja immer gleich. Um genau zu sein, schmeckte es nach gar nichts, aber das hier war anders. Das schmeckte … klar und erfrischend und süß und … *hervorragend.*

Sie füllte beide Hände noch einmal und betrachtete beim Trinken den Grund des Sees, der unter der strudelnden Oberfläche lag. Ein Blatt schwirrte darin herum, beschrieb wirbelnde Bahnen, als gäbe es irgendwo einen Abfluss.

Sie ließ ihre Hände durch die Wellen gleiten und spürte, wie sie an ihren Fingern leckten, eine zärtliche Berührung. Sie wagte überhaupt nicht den Eimer in das klare Nass zu tauchen. Er wirkt so schäbig und dreckig gegen das kristallblaue Licht zwischen dem geweißten Stein.

Ob sich dort Kalk abgelagert hatte?

Ein Rascheln, kaum zu hören. Sie hob den Blick und starrte in die kugelrunden Knopfaugen eines Eichhörnchens, das auf der anderen Seite hockte und sie aufmerksam beobachtete. Seine glänzenden schwarzen Augen huschten hin und her. In immer wieder stockenden Bewegungen näherte es sich dem Ufer.

Lea hielt ganz still, um es nicht zu erschrecken.

Ein plötzliches Knacken im Unterholz, das Tier machte einen erschreckten Satz und landete mit dem Hinterteil halb im Wasser. Sofort wurde sein Schwanz von dem Strudel gepackt. Es rutschte ab, wurde in die sprudelnde Quelle gesaugt und unter Wasser gezogen.

Ohne lange nachzudenken, griff Lea nach dem Tier, ihr Arm wurde sofort eiskalt, aber das Eichhörnchen rutschte ihr einfach durch die Finger. Sie schob sich den Ärmel über die Schulter und probierte es direkt noch einmal. Sie musste sich weit nach vorne beugen, um es zu erreichen. Das arme Ding wirbelte immer wieder herum und hatte keine Chance, gegen den Strom anzukämpfen.

Lea hielt sich mit der linken Hand am Ufer fest, streckte sich noch weiter, bis ihre Schulter ins Wasser tauchte. Da erwischte sie ein Stückchen Schwanz, pelzig und weich, nur ganz kurz, dann war es wieder verschwunden.

Noch ein Versuch. Der Stein zu ihrer Linken war feucht geworden und glitschig, aber es schien so nah. Sie reckte sich und dann verlor sie plötzlich den Halt, kippte nach vorne und ihr Oberkörper tauchte in eisige Kälte.

Ein Schreck jagte ihr durch die Glieder und Lea entfuhr ein Schrei. Dann war sie auch schon ganz im Wasser, folgte den wirren Windungen des Sogs, wurde herumgewirbelt wie eben noch das kleine Tierchen. Dicke Luftblasen schwirrten um ihren Kopf und ihre Lungen füllten sich mit brennend kalter Flüssigkeit. Aus dem Augenwinkel sah sie einen braunen Fleck. In wilder Panik griff sie nach ihm und rang nach Luft.

Sie hatte das Tierchen und strampelte nun selber wild, aber wo war oben und wo war unten? Das Wasser zerrte schwer an ihren Kleidern, riss sie wild umher und war so kalt. Sie brauchte Luft und hustete nur noch mehr Wasser in sich hinein.

Eiskalte Panik, die sich um ihr Herz schlang, eiskaltes Wasser, das sich um ihre Brust schloss, glitzernde Lichtwellen zu allen Seiten. Sie hatte keine Ahnung, wo sich der rettende Himmel befand, und wusste, sie würde ertrinken.

Da ergriff jemand ihre Hand. Eisblaue Augen, weißblondes Haar, zwischen Lichtglitzern und Luftblasen. Warm und fest schlossen sich seine Finger um ihr Handgelenk, er packte sie, zog sie – nach unten? Nach oben?

Das Licht wurde trüber, sie atmete Wasser und verlor das Bewusstsein.

***

Sehnsüchtig starrte er auf die junge Frau, die am Ufer lag und nicht atmete. Wie viele Geschichten wohl in ihr wohnten. Ein ganzes Leben voll von Dingen, die er nie erlebt hatte, von Orten, die er niemals sehen würde, von Wesen, die er niemals treffen würde.

Das Eichhörnchen sprang aus ihrer Hand, schüttelte sich und sah ihn aufmerksam an.

Was willst du von uns? Du rettest doch sonst niemanden? fragten seine glänzend schwarzen Augen.

Das kleine, rotbraune Tierchen putzte sich die Schnauze, rieb sich über die Ohren und sprang in den Wald davon. Aber die Menschenfrau rührte sich nicht.

Sollte sie das?

Er seufzte, dabei rollte die Luft durch seinen Oberkörper, strich durch seinen Hals und er roch würziges Harz. Genau, wie es sich für einen Menschen gehörte.

Wie sie es nicht mehr tat und nie mehr tun würde, wenn er nicht schnell handelte.

Seine Brust zog sich zusammen.

Nein, normalerweise ließ er der Natur ihren Lauf. Die Dinge, die geschahen, hatten immer einen Grund und eine Folge. Es war nicht an ihm, in Gayas Plan einzugreifen.

Er spürte in den Boden hinein und suchte nach der Herrin des Waldes, aber er fand sie nicht.

Und das Rauschen des jungen Blutes wurde immer leiser. Aber noch lebte sie, noch konnte er sie retten.

Wozu?

Die Menschen waren grausam und blind. Sie hatten die Herrin des Waldes unter die Erde getrieben, verschmutzten die Luft, den Boden und die Gewässer. Sie waren der Grund, weshalb seine Quelle nur noch hier oben sprudelte, weshalb er nicht mehr in das Tal hinuntersprang. Er hatte sich zurückgezogen, weil er mit ihnen nichts zu tun haben wollte.

Menschen waren gefährlich.

Alle Menschen?

Die junge Frau war nicht grausam gewesen. Im Gegenteil, sie hatte eingegriffen. Ein Mensch, der nicht versuchte zu zerstören, sondern sich für ein kleines Leben selbst in Gefahr brachte.

Allzu merkwürdig.

Aber hatte er sich nicht selbst geschworen, nie wieder mit den Menschen zu sprechen?

Trotzdem stand er hier und sehnte sich nach ihren Geschichten. Nach Abwechslung von der Stille.

Er hockte sich neben den schlanken, leblosen Körper. Sie starb, obwohl sie nicht mehr im Wasser war.

Seine Gedanken rasten ihm durch den Kopf.

Sie musste atmen – oder das war ihr Ende.

Er hätte sie gleich ertrinken lassen sollen. Ob sie wirklich anders war als die anderen Menschen? Ob sie leben konnte, ohne zu zerstören?

Um das herauszufinden, gab es nur eine Möglichkeit.

Das Wasser musste wieder aus ihr heraus. Sein Herz pumpte wie ein sprudelnder Quell, der sich unsicher ins Licht ergoss und sich einen Weg suchte, ohne sein Ziel zu kennen.

Voll Ungewissheit und Neugier.

Er legte seine Finger auf ihre Unterlippe, spürte die Feuchtigkeit und seine Sinne krochen an dem Nass entlang, über die Zunge, den Hals hinunter und in die Lunge. Kein Blut, keine Verletzungen, nur Wasser.

Ein einziger Gedanke reichte und die Wasserteilchen setzten sich in Bewegung, wanderten an seinen Sinnen hinauf, stiegen in ihrer Kehle empor und flossen aus ihrem Mundwinkel, benetzten blassrosa Lippen und ließen sie glänzen.

Sie war so schön.

Ihr Haar zeichnete dunkle Ranken auf dem zarten Grau des Bodens. Ihre Augen waren geschlossen. Er konnte ihren Puls spüren und das Rauschen ihres Blutes hören. Sie lebte und jeden Augenblick konnte sie erwachen.

War das ein Fehler?

Würde sie sich als das Ungeheuer entpuppen, das er schon so oft in den Wäldern getroffen hatte?

Und was, wenn nicht?

Wenn er sie betrachtete, musste er an all die anderen Menschen denken, die bereits an seinem Ufer gesessen und sich Geschichten erzählt hatten.

Er strich eine Strähne aus ihrer Stirn und fuhr mit dem Finger die Kontur ihrer Schläfe nach.

Sein Mund war trocken, ein seltsames Gefühl. Sehnsüchtiges Verlangen. Nach … nach was eigentlich?

Was konnte sie ihm geben?

Kapitel 4

Als sie aufwachte, dämmerte es bereits. Sie war verwirrt und hatte keine Ahnung, wo sie war. Lea spürte eine durchgelegene Matratze unter ihrem Rücken und als sich ihr Blick langsam scharf stellte, erkannte sie hölzerne Wände um sich herum. Sie war im Schlafzimmer der kleinen Berghütte, ihr Kopf dröhnte und als sie sich aufrichtete, wurde ihr schwindelig.

Sie brauchte einen Augenblick, um sich zu erinnern, was passiert war.

Stöhnend hielt sie sich den Kopf und schloss die Augen, riss sie aber gleich wieder auf, als sie ein Knarzen hörte.

Ein Mann stand vor dem geöffneten Einbauschrank. Ihr blieb fast das Herz stehen. Er schien nach etwas gesucht zu haben und drehte sich gerade zu ihr um.

Er war nicht besonders groß, schlank und sein blondes Haar fast weiß, weich und wuschelig. Sein Gesicht war schmal, die Nase spitz und die Augen eiswasserblau. Er kam ihr bekannt vor. Sie hatte ihn schon einmal gesehen – irgendwo.

Dann traf sie die Erinnerung wie ein Blitz. Im Wasser. Sie hatte ihn im Wasser gesehen. Er hatte sie aus dem See gezogen.

Eine Gänsehaut wanderte ihre Arme hinauf und am Rücken wieder hinunter, dann kam alles wieder hoch.

Sie war in die Quelle gefallen, wegen eines Eichhörnchens – was hatte sie nur geritten?

Das Wasser war über ihrem Kopf zusammengeschlagen und in einem Strudel aus Wellen und Blasen hatte sie ihn gesehen, nur ganz kurz.

Jetzt starrte sie ihn mit offenem Mund an. Er steckte gerade die Arme in einen viel zu weiten, grauen Kapuzenpullover mit der Aufschrift *Ich mag Fisch* und zog ihn über den Bund einer Jeans, die mehr als nur auf halbmast hing.

»Du hast mich gerettet«, sagte Lea. Ihre Stimme klang wie ein Reibeisen, rau und metallisch. Sie räusperte sich und kam sich kindisch vor. Aber ihr fiel nichts Besseres ein.

Er fuhr sich mit der Hand durchs Haar und lächelte. Das heißt, erst sah das ganz und gar nicht aus wie ein Lächeln, ein bisschen eingerostet, als hätte er es lange nicht gemacht. Der zweite Anlauf war besser und sah fast schon verwegen aus.

Sie spürte ein seltsames Kribbeln in der Brust. Wahrscheinlich eine Folge des Wassers, das sie geschluckt hatte. Ob sie ins Krankenhaus musste?

»Geht es dir besser?«, fragte er. Seine Worte fühlten sich seltsam an, irgendwie fremd. Fast so, als würde er sie gerade zum ersten Mal benutzen und ihren Geschmack einzeln auf der Zunge testen, bevor er sie in die Welt hinausließ.

Sie sah verlegen zur Seite. »Ich denke schon. Danke … dass du mich gerettet hast, meine ich.« Neugierig sah sie auf. »Ich bin Lea.« Sie streckte ihm die Hand entgegen.

Er sah ihren ausgestreckten Arm ein bisschen skeptisch an. Dann schob er seinen zu langen Ärmel hoch und griff nach ihren Fingern.

»Fynn.« Im selben Moment, in dem er sie berührte, sprang ein blauer Funke durch die Luft von seinem

Daumen auf ihren. So, als ob sie mit Wollsocken über den Teppich gerutscht wäre, das Licht ausgemacht und die Türklinke angefasst hätte.

Aber es gab keinen Teppich, keine Türklinke und trotz der Dämmerung war das Zimmer noch hell. Ihre Hand zuckte. Aber er ließ sie nicht los, sah sie nur verwundert an und seine Finger schlossen sich noch ein wenig fester um ihre.

»Gern geschehen«, sagte er. Sein Griff war kühl und kräftig, aber in ihr wurde es warm.

»Ich hatte wohl Glück, dass du da warst. Keine Ahnung, was ich ohne dich gemacht hätte. Dieser Schacht da oben, der ist echt lebensgefährlich. Da war ein unglaublicher Sog, der mich runtergedrückt hat.«

»Quelle«, sagte er, ohne mit der Wimper zu zucken.

Lea blinzelte verwirrt.

»Es ist kein Schacht, sondern eine Quelle und sie fließt in ein tiefes Höhlensystem unter den Felsen.« Er biss sich auf die Lippe, als hätte er zu viel verraten und ließ sie los.

Sie machte eine wegwerfende Handbewegung. »Ganz gleich, was es war, ohne dich wäre ich ganz sicher ertrunken. Also noch einmal – Danke.«

Er lächelte wieder und der Pullover rutschte weit über seine Hand. Waren das eigentlich die Kleider ihres Chefs, die er da anhatte? Sicher, er musste ja nass gewesen sein, nach der Rettungsaktion.

Genau wie Lea selbst.

Schnell sprang sie auf. Dabei wurde ihr ganz schwindlig und sie musste sich einen Moment auf den Bettpfosten stützen. Ein großer, dunkler Fleck hatte sich in der Mitte der Matratze ausgebreitet.

So ein Mist.

Ob ihr Föhn das in Ordnung bringen konnte?

»Ich zieh mich auch schnell um.« Sie deutete Richtung Bad und Fynn legte den Kopf zur Seite.

»Mach es dir ruhig bequem«, sagte sie mit einer unbestimmten Geste und ging ins Wohnzimmer. Sie fand ihr

Gepäck genau dort, wo sie es abgestellt hatte und verschwand mit dem Rucksack ins Bad.

Vielleicht sollte sie ihrer Schwester Bescheid sagen. Das Handy steckte noch unberührt in der Seitentasche. Es gab keine neuen Nachrichten, allerdings auch kein Netz.

Sie hielt es Richtung Decke, aber auch das brachte keine Verbesserung. Andererseits würde sie Bibi mit solchen Nachrichten nur Sorgen machen, und zum Glück war ja nicht wirklich etwas passiert.

Also versuchte sie lieber, sich aus ihren Sachen zu schälen. Die nassen Kleider klebten an ihrem Körper, hatten sich festgesaugt und sie kam erst gar nicht richtig aus ihrer Hose.

Sie nutzte die Gelegenheit, um nach Zecken Ausschau zu halten. Zum Glück fand sie keine.

Während sie sich anzog, warf sie einen Blick Richtung Wohnzimmer.

Musste ihr die Sache eigentlich unheimlich sein?

Wieso waren sie hier im Haus? Woher hatte er gewusst, dass er sie hierher bringen musste?

Hatte sie die Haustür offengelassen?

Ein schales Gefühl breitete sich in ihrem Magen aus.

Abgeschlossen hatte sie nicht, wenn sie sich richtig erinnerte. Aber sie hatte vorher bereits das Gefühl gehabt, dass jemand sie beobachtete. War er das gewesen?

War er doch Bruno der Axtmörder?

Andererseits hatte Fynn ihr gerade das Leben gerettet, das sprach gegen den Mörder. Es sei denn natürlich, Äxte waren sein Ding.

Oder erwartete er jetzt eine Gegenleistung?

Lea schluckte.

Wenn sie eins gelernt hatte, dann, dass die Dinge immer einen Preis hatten. Es gab da draußen niemanden, der etwas verschenkte. Selbst wenn die Leute kein Geld verlangten, dann aber ganz sicher etwas anderes.

Sie dachte an ihren Exfreund. Der hatte erst großzügig in ihre Selbständigkeit investiert, nur um sie dann als seine persönliche Sklavin einzusetzen, wann immer ihm eine unangenehme Aufgabe einfiel. Sie fragte sich immer noch, wie sie jemals auf diesen Vollidioten hatte reinfallen können. Sich aus dieser *Beziehung* wieder freizukaufen, hatte sie einen Arm und ein Bein gekostet, nur im übertragenen Sinne.

Zum Glück war das schon eine halbe Ewigkeit her, aber trotzdem würde ihr das so bald nicht wieder passieren.

***

Er starrte auf die Tür, hinter der sie verschwunden war, und versuchte herauszufinden, was eben passiert war. Sicher, er hatte lange keine menschliche Form mehr angenommen und die Worte kamen schwerfällig aus seinem Mund, vor allem, weil er sich erst mühsam an ihre Sprache anpassen musste.

Aber dass er so wenig Kontrolle über seine Magie besaß, das war neu. Und es war beängstigend. Er wollte sich unter keinen Umständen verraten. Deshalb hatte er sie auch nicht getrocknet. Menschen wussten schon lange nicht mehr, wie die Dinge im Wald funktionierten.

Er erinnerte sich an seinen letzten Kontakt, bevor er für so viele Sommer – Jahre zu Wasser geworden war.

Er hatte sich mit einem kleinen Jungen angefreundet, versucht, ihm eine Freude zu machen.

Seine Mutter war weniger begeistert gewesen. Sie hatte angefangen zu kreischen, etwas von Teufelszeug und Hexenfluch geschrien. Dabei wusste jede frisch geschlüpfte Fee, dass die völlig anders aussehen.

Auf jeden Fall hatte er damals herausgefunden, dass es keine besonders gute Idee war, den Menschen etwas zu geben, das sie nicht erwarteten.

Zum Glück hatte Lea auf seinen magischen Funken nicht reagiert. Ein bisschen seltsam geschaut vielleicht, aber es dann einfach hingenommen.

Ob sie von Magie wusste? Vielleicht hatte es in der Zwischenzeit eine Revolution gegeben und die Menschen hatten angefangen, die Magie wieder in ihr Leben zu lassen. So wie in der alten Zeit, von der ihm die Herrin des Waldes früher oft erzählt hatte.

Die Türe öffnete sich und Lea trat wieder heraus. Sie trug eine neue, trockene Schale – Kleidung nannte sie das wohl. Ihr wunderschönes Haar hatte sie zu einem Zopf zusammengebunden. Seine Finger zuckten und wollten es wieder lösen.

Ihm hatte gefallen, wie es wild und ungezähmt über ihre Schultern geflossen war. Fast wie Wasser. Ein brauner, glänzender, geschmeidiger Quell.

Aber er hielt sich zurück. Denn auch mit Berührungen gingen Menschen anders um.

Kapitel 5

Als sie ins Wohnzimmer kam, stand Fynn an der Tür und blickte nach draußen. Fast sehnsüchtig, als wäre ihm die Hütte zu eng.

Lea sah ihn nachdenklich an. »Was hast du eigentlich da oben gemacht?«

Er wandte sich zu ihr um. »Ich habe dich gesucht.« Seine Stimme war ruhig und weich und obwohl er keinen Akzent hatte, klang jedes seiner Worte wie ein eigenes Lied.

So freundlich und liebenswert, dass es in ihrem Innern vibrierte und sie fast den Inhalt verpasst hätte.

»Du hast mich beobachtet?«

Er nickte, als wäre es das Selbstverständlichste auf der Welt. »Ich hatte deine Musik gehört. Es passiert nicht gerade oft, dass sich jemand in den Wald verirrt. Ich wollte sehen, wer du bist.«

Lea schluckte. »Also hab ich dich vorhin zwischen den Bäumen gesehen?«

»Ich hoffe, ich hab dich nicht erschreckt.«

Er gab es zu. Würde ein Axtmörder das zugeben?

Wohl eher nicht.

»Du hättest auch einfach etwas sagen können«, warf sie ihm vor.

Er legte die Hand in den Nacken. »Ich schätze, ich war nach der langen Zeit ohne Gesellschaft ein bisschen … schüchtern?«

Es klang so, als wäre er sich nicht ganz sicher, das richtige Wort gefunden zu haben.

»Wohnst du schon lange hier?«, fragte Lea.

»Schon mein ganzes Leben.« Fynn lächelte und kleine Fältchen bildeten sich um seine blauen Augen. Das hörte sich doch irgendwie schon besser an. Erleichterung machte sich in ihrer Magengrube breit. Sie war froh, dass sie ihn weiter mögen durfte, auch wenn sie sich immer noch nicht sicher war, was er nun von ihr erwartete.

»Wenn du willst, dann lade ich dich zum Essen ein. Ich hab zwar nur Dosenravioli, aber die teile ich gern mit meinem Retter.«

»Dosenravioli?« Er hob die Augenbrauen.

»Sag bloß, die kennst du nicht. Ein kulinarischer Hochgenuss«, scherzte Lea, aber Fynn blieb völlig ernst.

»Das war ein Spaß. Man kann sie essen, sie schmecken allerdings nach Hundefutter, vor allem, wenn man sie kalt essen muss. Etwas anderes hab ich leider nicht. Der Kühlschrank ist leer und ich bin gerade erst angekommen.«

»Ich könnte *dich* ja zum Essen einladen.«

Ihr Magen krampfte sich weiter zusammen. Weil sie so gerne *ja* sagen würde, aber genau wusste, dass sie ihre Schulden damit nur erhöhte. »Nee, das geht doch nicht. Ich kann dich doch nicht als Dankeschön für meine Lebensrettung zum Kochen abstellen.«

»Ich hatte nicht vor, irgendetwas zu kochen. Aber einen Salat könnte ich dir zaubern.« Er lachte kurz, als habe er einen Scherz gemacht, als ob sie tatsächlich glauben würde, er könne irgendetwas *zaubern*.

»Eben alles, was der Wald so zu bieten hat«, fuhr er fort. »Und wieso nicht? Was nützt es denn, wenn ich dir das Leben rette und du anschließend verhungerst?«

»Ich hab aber nichts, was ich dir als Gegenleistung anbieten kann.«

»Natürlich hast du das.«

Lea spürte einen Stich in der Magengrube. Wie ein winziger Splitter, der sich unter die Haut frisst und mitten ins Zwerchfell bohrt. Er war so klein, dass man ihn eigentlich gar nicht sehen konnte, dafür tat er umso mehr weh. Jetzt kam es also.

»Du kannst mir Geschichten erzählen.«

Lea hätte sich fast verschluckt. »Geschichten?«

»Natürlich.«

»Du weißt schon, dass das ein bisschen merkwürdig klingt, oder?«

Er zuckte mit den Schultern. »Ich gehe eben nicht so oft unter Menschen.«

»Außerdem kenne ich keine Geschichten und bin sicher ein ganz schrecklicher Erzähler.«

»Das macht gar nichts. Ich komme so gut wie niemals aus dem Wald heraus. Das heißt, alles, was für dich alltäglich scheint, ist für mich Zauberei.« Er grinste breit und seine Augen begannen zu funkeln.

Sie fragte sich langsam, ob Fynn vielleicht so eine Art Einsiedler war. Das würde einiges erklären. Zum Beispiel auch, warum sie seine nassen Sachen nirgendwo hatte trocknen sehen. Nämlich, weil er wohl einfach keine hatte.

Sie lief rosa an, als sie daran dachte, was das bedeutete, auch wenn sie das Bild nicht ganz so sehr schockierte, wie es das vielleicht gesollt hätte.

Sie war hin- und hergerissen. »Wenn du meinst«, sagte sie schließlich.

»Das wäre fabelhaft.« Er strahlte über das ganze Gesicht.

»Was, du meinst, ich soll sofort loslegen?«

»Gern.«

»Und was wird dann aus dem Essen und den Dosenravioli?«

Er tippte sich mit dem Finger ans Kinn, die professorenhafte Geste sah mit den viel zu großen Kleidern sehr merkwürdig aus.

»Eine Geschichte jetzt, dann hole ich ein paar Zutaten, du machst Dosenravioli und beim Essen erzählst du weiter.«

Lea sah ihn skeptisch an, aber sein ehrliches Interesse machte sie selber neugierig. Wer war dieser junge Mann mit den eisblauen Augen und dem geheimnisvollen Lächeln? »Okay, was willst du wissen?«

»Was immer du erzählen möchtest.«

»Ich weiß nicht …« Sie konnte sich einfach nicht vorstellen, was er hören wollte. In ihrem Leben gab es keine großen Abenteuer. Wenn sie nicht gerade durch die Pampa reiste und von Mücken zerstochen wurde, führte sie ein ziemlich langweiliges Leben, voll mit Haushalt, Kochen, ein bisschen Zeichnen … okay, herumkritzeln. Was gab es da schon groß zu erzählen?

»Was machst du den ganzen Tag, wenn du nicht gerade in Bergquellen ertrinkst?«

Sie lächelte verlegen. »Ich arbeite in einem Architekturbüro als Sekretärin. Aber eigentlich möchte ich mich selbstständig machen mit Webdesign, ein bisschen Branding und sowas.«

»Branding? Wie bei Kühen?«

»Nein.« Sie lachte. »Na ja, vielleicht ein bisschen. Aber es hat nichts mit glühenden Eisen zu tun. Wenn ich ein komplettes Designkonzept erstelle, also für ein Firmenlogo, die Internetseite, Visitenkarten, Briefköpfe und so weiter, eben das volle Programm, dann schaffe ich einen Wiedererkennungswert, das nennt man auch Branding.«

»Das klingt interessant. Davon musst du mir gleich noch mehr erzählen.« Ein freudiges Lächeln breitete sich auf seinen weichen Lippen aus und ein Kribbeln fuhr in ihre Magengrube. Vielleicht hatte sie sich ja erkältet?

»Aber zuerst, ein Abendessen für zwei.« Er legte seine Hand auf seinen Bauch. »Ich glaube, ich habe auch schon etwas Hunger.«

Lea musste grinsen. Er war irgendwie ein bisschen seltsam, aber auch völlig unkompliziert und das gefiel ihr.

»Bis gleich«, sagte er. Damit verschwand er nach draußen in den Wald.

***

Ein sehr interessanter Anfang.

Und noch hatte sie keine Ahnung, wer er wirklich war. Solange er dieses Geheimnis bewahren konnte, war alles in Ordnung.

Er dachte an den winzigen magischen Funken, der zwischen ihnen übergesprungen war und an ihre Reaktion darauf. Oder vielmehr an die Abwesenheit einer Reaktion.

Vielleicht wäre sein Geheimnis bei ihr sogar sicher?

Aber das war viel zu riskant. Jetzt, wo er seine menschliche Form wiederentdeckt hatte, wollte er seine Sinne voll auskosten und nicht noch einmal so viele Jahre nur in flüssiger Form verbringen.

Ihm würde aber kaum etwas Anderes übrigbleiben, wenn sich die Ereignisse vom letzten Mal wiederholten.

Jetzt gab es aber erst einmal Wichtigeres: *Essen*.

Er grub die Zehen in die Erde und fragte das Wasser nach dem rechten Ort für menschliche Nahrung.

Dann blickte er sich kurz um, stellte sicher, dass sie ihn nicht beobachtete und huschte, so schnell ihn seine festen Beine trugen, zwischen den Bäumen hindurch.

***

Auf der Suche nach dem Generator ging Lea um das Haus herum und fand den Schuppen gleich neben der Hütte, zwischen Haus und Felsen eingequetscht.

Sie öffnete das Vorhängeschloss und fand dahinter zwei volle Benzinkanister, zusammen mit einem klobigen, schwarzen Generator.

Gewissenhaft prüfte sie die Tankanzeige, ging die Knopf-und-Schalter-Anleitung ihres Chefs im Kopf durch und zog ein paar Mal an der Reißleine. Aber leider rührte sich gar nichts.

Mittlerweile wurde es dunkel und Unruhe machte sich in ihr breit.

Noch einmal zerrte sie an dem Griff, um das Ding zum Laufen zu bekommen. Aber es tat sich immer noch nichts.

Sie hatte keine Lust, die ganze Nacht im Dunkeln zu verbringen und wünschte sich, dass Fynn bald wiederkam. Egal, ob mit oder ohne Essen.

»Hier.«

Lea fuhr vor herum. »Mann, hast du mich erschreckt.«

Fynn stand direkt vor ihrer Nase und streckte ihr ein großes Stück Rinde entgegen.

Darauf häuften sich Beeren und Pilze, Blätter und Rindenstückchen, ein paar Maden und sogar eine Schnecke als Garnierung. Lea schluckte. »Äh … Danke?«

»Was? Gefällt es dir nicht?« Er sah enttäuscht aus.

»Doch schon … aber … da sind Maden drin.« Ihr wurde ein bisschen übel bei der Vorstellung, die zu essen.

»Ich hab extra nur die Dicken genommen.« Er grinste stolz und Lea tat ihr Möglichstes, um nicht allzu angewidert das Gesicht zu verziehen. »Super?«

»Was ist falsch?«

Sie rieb sich die Hände an der Hose ab. »Ich esse keine Maden.«

»Aber die schmecken richtig gut.« Er hob eine aus dem hübsch angeordneten Pilzsalat und Lea zuckte zurück.

»Nein, danke. Echt nicht.«

Er legte sie zurück und zuckte mit den Schultern. »Okay. Und was machst du da?«

Sie seufzte. »Ich versuche, ein bisschen Licht zu machen, aber der Generator will einfach nicht.

»Soll ich dir helfen?«

Ihre Schultern sackten nach unten. Normalerweise war sie stolz darauf, dass sie die Dinge alleine hinbekam. Sie brauchte keine Hilfe, ganz sicher nicht von einem Kerl.

Aber heute schien einfach nicht ihr Tag zu sein.

Also nickte sie. Dabei sah er in dem übergroßen Pullover und der mächtigen Hose nicht so aus, als ob er mehr zustande bringen würde als sie selber. Sie trat einen Schritt beiseite. »Fühl dich frei.«

Er stellte sich vor das schwere Gerät und starrte es an.

Lea sah ihm eine ganze Weile dabei zu. Aber er rührte sich nicht. »Was tust du da?«, fragte sie schließlich.

»Ich frage es, wie es funktioniert.«

Lea hätte fast gelacht, aber er fixierte das Ding völlig ungerührt weiter.

»Und? Funktioniert es?«, fragte sie deshalb.

»Ich hab noch nicht herausgefunden, welche Sprache es spricht«, sagte er ernsthaft.

»Scherzkeks. Du könntest auch mich fragen.« Sie deutete auf die Leine mit dem Griff. »Da dran musst du ziehen, ganz plötzlich und ganz schnell. Dann geht es an – theoretisch.«

Er sah immer noch so aus, als würde er eine Unterredung mit der Maschine führen.

Lea schüttelte den Kopf. »Ich glaub nicht, dass der offen für Argumente ist.«

Er sah sie forschend an. »Menschen haben es immer so unglaublich eilig. Du hast nicht gerade viel Vertrauen, oder?«

Menschen? Was sollte das denn bitteschön bedeuten. War er etwa keiner? Statt auf eine Antwort zu warten, nahm er die Reißleine in die Hand und folgte ihrer Anweisung. Ein einziger rascher Zug und der Generator schnurrte wie ein Kätzchen.

Lea war zugegebenermaßen ein bisschen beeindruckt. Aber natürlich hatte er nur Glück gehabt.

»Und wozu brauchst du dieses brummende Ding?«, fragte er neugierig.

»Licht, Strom, heißes Wasser … für alles eben.«

Er wurde hellhörig. »Klingt für mich ein bisschen nach Magie.«

Jetzt lachte sie. »Nein, da ist nichts Magisches dran.«

Fynn wurde skeptisch. »Wenn du meinst. Aber wir sollten jetzt schleunigst essen, ich habe Hunger und die meisten Maden sind uns sowieso schon abgehauen.«

Er hockte sich, wo er stand, auf den Boden.

»Sollen wir nicht lieber nach drinnen gehen?«, fragte Lea.

»Wieso?«, fragte er, während er sich eine Made in den Mund schob. Und Lea lief ein Schauer über den Rücken. Aber es schien ihm zu schmecken.

»Na, drinnen ist es gemütlicher?«

»Wenn du meinst.« Er stand wieder auf und trug das, was vom Salat noch nicht davon gekrabbelt war, nach drinnen.

Lea folgte ihm kopfschüttelnd. Aber wenn sie ehrlich war, fand sie seine unkomplizierte Art ziemlich erfrischend. Ihr Ex war da von ganz anderem Kaliber gewesen. Aber über den wollte sie jetzt am allerwenigsten nachdenken.

Fynn stand in der Mitte des Raumes und sah sich suchend um. Lea deutete auf den Tisch und holte die Raviolidose aus ihrem Rucksack im Bad.

Als sie zurückkam, saß Fynn auf der äußersten Stuhlkante, mit einem Rücken so gerade wie der eines Monarchen und hatte die Füße um die Stuhlbeine gehakt. Ob das wirklich gemütlich war, wagte sie zu bezweifeln. Sie betätigte den Schalter und als das Licht aufflammte, sprang er von seinem Stuhl. »Magie«, flüsterte er. Jetzt war Lea sicher, dass die Einsiedlertheorie stimmte. Faszinierend und irgendwie … exotisch.

»Das ist Elektrizität. Das hat mit Magie nicht das Geringste zu tun. Pure Wissenschaft.«

Er griff sich nachdenklich ans Kinn. »Davon habe ich, glaube ich, schon einmal gehört.«

Vielleicht gab es ja doch die eine oder andere Geschichte, die sie ihm erzählen konnte.

Kapitel 6

Und was für Geschichten sie erzählen konnte. Von fahrenden Blechkästen, zum Beispiel, die man benutzen konnte, um sich schneller fortzubewegen. Außerdem kannte sie singende Schachteln, über die man mit weit entfernten Freunden sprach und die sie Handy nannte. Außerdem gab es jede Menge neue Medizin und Technik, fernab von all dem, an das er sich erinnern konnte.

Hatte er so lange zwischen den steinigen Wänden der Quelle vor sich hin gesprudelt? Oder hatten die Menschen in den vergangenen Jahren einen gigantischen Sprung gemacht?

Es fühlte sich fast so an, als hätten sie ihren eigenen Zauber entdeckt, der unabhängig von den magischen Strömungen der Erde funktionierte. Eine seltsame Vorstellung.

Etwas, das unglaublich weit außerhalb seiner Kontrolle lag.

Vielleicht war es das, was den Menschen an echter Magie solche Angst einflößte. Die Tatsache, dass sie sie weder begreifen noch beeinflussen konnten. Zumindest, wenn sie keine Hexen waren.

Lea schob den Teller mit den Ravioli von sich weg. Fynn hatte nur einen winzigen Löffel probiert und dann dankend verzichtet. Sie rochen schon seltsam und erzeugten einen merkwürdigen Geschmack auf der Zunge, irgendwie metallisch. Er konnte sich nicht vorstellen, dass ein Körper in der Lage war, das zu verdauen.

»Schleimig, aber vitaminreich«, sagte Lea grinsend.

»Das kann ich mir nicht vorstellen«, sagte Fynn.

»War auch nur ein Zitat aus meinem Lieblingsfilm.«

»Film?«

»Oh, ich glaube, wir haben noch einiges nachzuholen.«

Mittlerweile schien sie Spaß am Geschichtenerzählen gefunden zu haben, und das fühlte sich wunderbar an. Wie Zuckerwatte im Bauch. Oder zumindest so, wie sie ihm Zuckerwatte beschrieben hatte. Rosa, wolkig und unheimlich süß.

Lea nahm ihren Teller und ging zum Becken. Daneben stand das kleine Feuermonster – der Gaskocher – mit dem sie ihre Ravioli erhitzt hatte. Feuer aus der Dose. Es gab mittlerweile einfach *alles*.

Sie stellte die Porzellanscheibe ab. »Tja, mit Spülen wird das heute wohl leider nichts.« Sie klang gar nicht enttäuscht.

»Wieso nicht?«

»Na ja, ich hab kein Wasser. Als ich welches holen wollte, bin ich ein kleines bisschen … abgelenkt worden. Und jetzt ist es schon zu dunkel, um noch mal über die Felsen zu kraxeln.«

»Vielleicht hättest du besser auch nur ein Stück Rinde benutzt.«

»Und Maden gegessen? Nein, danke.« Aber sie lächelte und ihm gefiel dieses Lächeln.

Es wärmte ihn auf eine magische Weise von innen und er hatte schon mehr als einmal vermutet, dass sie vielleicht doch nicht ganz so unmagisch war, wie sie behauptete.

Allerdings gehörte eine Menge Zeit und Energie dazu, um aus einem Menschen eine Hexe zu machen und ihren

Reaktionen nach zu urteilen, hatte sie davon keine Ahnung.

Was bedeuten konnte, dass sie intuitiv magisch war, oder dass es sich bei seiner Reaktion um eine körperliche Funktion handelte. Allerdings konnte er sich nicht erinnern, jemals zuvor solche Gefühle empfunden zu haben.

»Ich seh mal gerade nach der Matratze und hoffe, dass mein Föhn nicht den Generator brät.« Mit dieser kryptischen Bemerkung ging sie kurz ins Bad und verschwand anschließend mit einem schwarzen Gerät im Schlafzimmer, aus dem nun summende Geräusche drangen.

Noch so ein magisches Technikding. Er stand auf und betrachtete nachdenklich den Teller in der Spüle, nahm ihn hoch und drehte ihn vorsichtig in seinen Händen.

Ein Seitenblick versicherte ihm, dass die Tür zum Schlafzimmer angelehnt war, das elektrische Stöhnen klang unverwandt durch den Spalt.

Seine Hände wurden durchsichtig, verwandelten sich in glitzernd klares Wasser, breiteten sich über die glatte Oberfläche des Tellers aus, schoben Raviolireste vor sich her und umschlossen für einen Moment das gesamte, weiße Rund.

Dann zogen sie sich langsam wieder zusammen, bildeten Knochen, Finger, Fleisch, und als er das Porzellan zurück in die Spüle stellte, hielt er einen kleinen Teich aus Sauce in seiner völlig durchschnittlichen, menschlichen Hand.

Er war sich nicht ganz sicher, was er mit diesem roten Matsch anfangen sollte. Dem Wald wollte er ihn nicht zumuten, den Tieren erst recht nicht. Also bildete er mit beiden Händen eine Höhle und ließ Magie durch seine Adern fließen. Bläulich violette Blitze zuckten unter dem Pullover, hüpften durch den grauen Stoff, sprangen seine Arme hinunter, flossen in seine Finger, drangen in den roten Weiher und dann wurde die Schlafzimmertür aufgerissen.

Er fuhr herum.

»Das dauert sicher ewig …«, Lea verdrehte die Augen und starrte ihn an, während er schnell die Hände hinter dem Rücken versteckte.

Sie zog die Brauen hoch. »Was ist?«

»Nichts.« Er versuchte eilig den Zauber zu beenden und unschuldig auszusehen.

»Ja sicher. Was hast du da?«

So schnell er konnte, zog er die letzten Reste der Magie zurück in sich hinein und zeigte ihr seine Handflächen. In der Rechten lag …

»Erde?« Ihre Augen wurden noch größer. »Was willst du denn damit?«

Was würde ein Mensch wohl akzeptieren? »Ich finde sie hübsch?«

»Hübsch?« Sie schüttelte den Kopf. »Du weißt aber schon, dass du ein bisschen seltsam bist, oder?«

Fynn versuchte ein schiefes Grinsen. »Das hast du schon einmal gesagt.«

»Na, meinetwegen«, sagte sie. »Solange du nachher auch wieder saubermachst.«

Sie ging ins Bad und kam mit einem Handtuch wieder, während Fynn die schwarze Muttererde schnell nach draußen brachte und sanft an die Wurzeln der Efeuranke bettete, die an der Hütte emporwuchs.

»Kannst du mir vielleicht helfen, die Matratze umzudrehen? Ich glaub nicht, dass ich die heute noch trocken bekomme.«

»Sicher«, sagte er. Aber natürlich war das sinnlos, denn das Wasser würde sich seinen Weg suchen. Das tat es immer. Es war wendig und anpassungsfähig.

Dabei war die Lösung ihres Problems so einfach. Wenn sie ihn nur lassen würde, war es sogar noch leichter, als Teller zu waschen.

Na ja, wohl eher, wenn er sich selber lassen würde. Bisher hatte er sich ja ziemlich gut vor ihr verborgen. Und fand das immer noch richtig. Obwohl es ihm immer schwerer fiel.

In ihm wuchs nämlich das Bedürfnis, es ihr gemütlich zu machen. Der Grund dafür war simpel. Je wohler sich ein Wesen fühlte, desto länger blieb es an einer Stelle, desto mehr Geschichten konnte es erzählen. Das war alles.

Und es hatte nichts mit dem winzig kleinen Wunsch zu tun, gesehen zu werden – als das, was er war.

Nein, es ging nur um Geschichten. Und Futter, Wasser und Unterschlupf waren für das Wohlbefinden die wichtigsten Voraussetzungen. Vielleicht konnte er zumindest noch für einen trockenen Unterschlupf sorgen, bevor sie allzu misstrauisch wurde.

»Vielleicht kann ich ja mal deinen Föhn ausprobieren.« Die neuen Worte schmeckten alle so seltsam auf seiner Zunge. Bei jedem Einzelnen war er froh um die Magie, die ihm half, ihre Sprache zu sprechen. Sonst hätte er sich wohl bei jeder dritten Silbe lächerlich gemacht.

»Fühl dich frei.« Sie machte eine ausladende Geste ins Schlafzimmer hinein.

* * *

Lea hätte schwören können, dass sie beim Betreten des Wohnzimmers einen violetten Blitz gesehen hatte, einen lilafarbenen Funken, der über seine Hände gesprungen war. Aber natürlich war das Einbildung.

Andererseits war das schon einmal passiert. Da war der Funke blau gewesen und von seinem Daumen auf ihren gesprungen.

Vielleicht war der Kerl einfach nur verdammt elektrisierend. Sie musste über ihren eigenen Scherz grinsen.

Auf jeden Fall war sie froh, dass er jetzt den Föhn in der Hand hielt. Noch ein Grinsen. Das hätte der gute Mann an diesem Morgen wohl auch noch nicht gedacht.

Da hatte er ja noch nicht mal gewusst, dass es einen Föhn überhaupt gab.

Die ganze Situation war schon eine ziemlich seltsame Angelegenheit. Wie konnte man nur freiwillig und ganz allein im Wald leben? Ohne jeden Kontakt zur Zivilisation?

Sie warf einen Blick aus dem Fenster und starrte in die absolute Finsternis des Waldes.

Nein, freiwillig wollte sie ganz sicher nicht alleine hier leben. Sie freute sich schon jetzt wieder auf ihre kuschelige Stadtwohnung, egal wie klein die war. Hauptsache, da wohnte die freundliche ältere Dame unter ihr und der langhaarige Student nebenan. Und wenn sie eine Tasse Zucker brauchte oder Probleme mit einem Computervirus hatte, dann konnte sie einfach klingeln und bekam ganz sicher Hilfe.

Okay, sie brauchte niemals eine Tasse Zucker und ihre Computerviren wurde sie auch alleine wieder los. Aber trotzdem, die Möglichkeit bestand, und das allein war sehr beruhigend.

Da kam Fynn wieder aus dem Schlafzimmer.

»Ist er heiß gelaufen?«, fragte sie.

Ihr Reiseföhn war nicht gerade der Neueste. »Das passiert manchmal. Wenn wir ihm ein bisschen Zeit zum Abkühlen lassen, funktioniert er wieder.«

Fynn legte den Kopf zur Seite. »Nein, ich bin fertig.«

»Fertig?« Das war unmöglich. Der Fleck war gigantisch gewesen.

Sie ging ins Schlafzimmer und sah nach, aber tatsächlich, die Matratze war knochentrocken. Lea hob sie ein bisschen an, drückte sie mit der Schulter nach oben und fühlte auf der Unterseite. Aber auch da war nichts zu spüren. Der Stoff war nicht einmal mehr warm von der Behandlung mit dem Föhn. Sie kratzte sich am Kopf.

Fynn stand in der Tür und lehnte sich an den Rahmen. »Was ist? Gefällt es dir nicht?«

»Doch, schon. Aber … wie hast du das gemacht?«

»Magie«, flüsterte er, hob die Hände und grinste amüsiert.

»Haha, sehr witzig.«

»Und wenn es wahr wäre?«, fragte er. »Würdest du dann die Beine in die Hand nehmen und schreiend davonlaufen?« Er wirkte ehrlich interessiert.

»Kommt darauf an.«

»Worauf?«

»Na, ob dir dabei Hörner wachsen oder nicht.« Echte Magie, so ein Unsinn. Es gab immer einen Trick. Man musste sich nur ein bisschen anstrengen und ihn herausfinden.

Er legte den Kopf zur Seite, als wollte er abschätzen, wie ernst Lea ihre Worte meinte. Und sie wusste nicht, was sie damit anfangen sollte. Deshalb beschloss sie, das Thema zu wechseln. »Jetzt muss ich nur noch die Bettwäsche finden.«

»Wenn sie ein Blümchenmuster hat, habe ich sie, glaube ich, da drin gesehen.« Er deutete auf den Wandschrank.

Sie lachte. »Ich glaube, hier hat alles Blümchenmuster.«

Er zuckte mit den Schultern. »Warum auch nicht. Blumen sind wundervoll. Allerdings gefallen mir die echten besser.«

»Na ja, Blumen sind schon okay.«

»Aber?«, seine Stimme klang ein bisschen heiser.

»Mit Wald kann ich nicht so wirklich viel anfangen.« Täuschte sie sich oder sah er verletzt aus?

»Aber du hast beim Essen erzählt, dass dir die Inspiration fehlt. Ich dachte, deshalb bist du hergekommen, um sie wiederzufinden.«

»Zuerst einmal bin ich wegen meines Chefs hergekommen und weil ich gehofft hatte, ich würde ein paar Stunden Ruhe finden. Wenn dabei noch ein bisschen Inspiration herumkommt, auch okay. Aber fest damit gerechnet habe ich nicht.«

»Wieso nicht? Der Wald ist pure Inspiration. Das ist ein stetes Wachsen und Von-vorne-Beginnen, ein ständiges Zusammenfinden, Zerstören und Neu-Erschaffen. Die Natur erfindet sich in jeder Sekunde hundertmal neu. Sie malt wundervolle Bilder, atemberaubende Muster, zauberhafte Figuren. Wo sonst könntest du solche Schönheit entdecken?«

Sie sah ihn skeptisch an. Er klang ja fast schon verliebt. »Selbst wenn, dann sicher nicht jetzt, mitten in der Nacht.«

»Gerade mitten in der Nacht. Wirf doch einen Blick aus dem Fenster.«

Im Glas spiegelte sich die komplette Inneneinrichtung. »Ich sehe gar nichts.«

Enthusiastisch öffnete Fynn die Tür. »Komm, ich beweis es dir.« Er deutete in die Ferne.

»Siehst du das?«

Lea trat neben ihn und rieb sich die Arme. »Ich sehe Schwarz.« Und das war ehrlich alles, was sie sah. Es war so unglaublich finster, dass Tintenschwarz nicht einmal annähernd das beschrieb, was sie sehen konnte. Sie war nur froh, dass sie die goldene Wärme der Glühbirne hinter sich spürte, sonst hätte die Gänsehaut in ihrem Nacken sie wahrscheinlich verrückt gemacht.

»Du siehst es nicht?«

»Was sehe ich nicht?« Sie starrte in die Richtung, in die er deutete, aber da war nur noch dunkleres Schwarz als sonst irgendwo. Für einen Moment hätte sie schwören können, dass sich in der Dunkelheit etwas bewegte. Sie bildete sich ein, schwarze Augen in der Finsternis zu sehen, und die Gänsehaut kroch nun ihre Wirbelsäule hinunter. Sie war unendlich froh, dass Fynn bei ihr war. Obwohl das natürlich völliger Blödsinn war, man konnte in völligem Schwarz schließlich keine schwarzen Augen sehen.

Trotzdem wandte sie sich ab und flüchtete in die Helligkeit der Hütte.

Nachdenklich sah er sie an und schloss die Tür.

»Was, wenn ich es dir beweisen könnte?«

»Dass der Wald mich inspiriert? Ich glaube, das kannst du nicht beeinflussen. Entweder es kommt oder es kommt nicht.« Sie zuckte mit den Achseln.

»Dass der Wald magisch ist.« Er schluckte und fuhr schnell fort. »Sagen wir, du würdest herausfinden, dass es Feen und Magie tatsächlich gibt, was würdest du machen?«

Sie blinzelte verwirrt. Dann legte sie den Kopf zur Seite und versuchte, es sich ernsthaft vorzustellen. Aber das war so gut wie unmöglich. »Keine Ahnung. Aber ich denke, ich würde Zauberer werden.« Oh ja, wenn sie genauer darüber nachdachte, dann war es genau das, was sie tun würde. Wer hatte noch nicht davon geträumt? Gab es auch nur einen Menschen auf dieser Erde, der nicht sein letztes Hemd gegen so eine Möglichkeit eintauschen würde?

Er sah sie forschend an. »Zauberei wäre kein Teufelszeug, das ausgerottet werden müsste?«

Er schien überrascht und Lea lachte. »Nein. Wieso das denn? Ich fände es wundervoll. Aber leider ist das hier ...«, sie machte eine umfassende Geste, »alles, was wir haben.«

Er schien dankbar für die Vorlage. »Wieso eigentlich leider? *Das hier* ist so viel. Ein atmender, lebendiger Wald, voller Kreaturen, die durch die Einzigartigkeit ihrer Existenz diese Welt zu einem besseren Ort machen.«

Das klang ja fast schon hochphilosophisch. Leider erinnerte es sie auch daran, was da draußen gerade alles so kreuchte und fleuchte. »Ehrlich gesagt, fühle ich mich dadurch nicht gerade besser. Jetzt habe ich das Gefühl, dass ich beobachtet werde.«

»Brauchst nicht. Die Herrin des Waldes wacht über ihre Kinder.« Seine Stimme verlor sich bei diesen Worten.

Er war schon ein bisschen merkwürdig. Aber wenn er wirklich so lange alleine gelebt hatte, dann war es vielleicht normal, der Natur eine Persönlichkeit zu geben.

Er fand gerade in die Gegenwart zurück. »Oder brauchst du jemanden, der dich vor den Schatten der Nacht beschützt?« Fynn grinste.

»Ich brauche niemanden.« Sie verschränkte die Arme und bereute sofort, dass sie so kindisch reagierte. »Allerdings brauchst du nicht unbedingt durch die Dunkelheit nach Hause zu gehen. Meinetwegen kannst du gerne bleiben.« Sie sprach leise und versuchte, es nebensächlich klingen zu lassen. Aber wenn sie ganz ehrlich war, würde sie ihm sogar das Bett anbieten und selber die Couch nehmen, damit er blieb. Das würde allerdings zu verzweifelt klingen. Und sie war nicht verzweifelt.

Zur Not würde sie auch ohne ihn auskommen. Das hatte sie bisher schließlich auch getan.

Sie hatte einen Schlüssel, einen Generator, der lief, und Pfefferspray irgendwo ganz unten in ihrem Rucksack.

Kapitel 7

Lea drückte ihm eine mit Blümchen gemusterte Decke in die Hand. Denn er hatte *ja* gesagt und sich damit selber überrascht.

Während Lea ins Badezimmer ging, ließ er sich auf das merkwürdige Gebilde von Sofa fallen und wippte ein wenig auf und ab. Er konnte sich nicht daran erinnern, überhaupt schon einmal in menschlicher Gestalt geschlafen zu haben.

Das würde auf jeden Fall interessant werden.

Trotzdem wunderte ihn seine Entscheidung.

Sein ganzes Sein lockte ihn in den Wald zurück, seine Seele verlangte danach, sich wieder zu verflüssigen und in die Quelle zurückzuspringen, über Steine zu hüpfen und den Rest der Nacht in purer Magie zu baden.

Aber ihr halb geflüstertes Angebot zu bleiben, summte noch immer in seinen Adern. Er fragte sich, was das für seltsame Empfindungen waren.

Hatte er sich jemals so verbunden mit jemandem gefühlt?

Verbunden genug, um alles aufs Spiel zu setzen, was er sich zu beschützen geschworen hatte?

Er hatte sie *wirklich* gefragt, was sie mit echter Magie anfangen würde.

Und wieso?

Sein Innerstes versuchte, sich nach außen zu stülpen, weil es sich gegen eine Erkenntnis wehrte.

Nein, nein, er wusste es selbst nicht genau.

Doch! Er wollte, dass sie blieb, wegen ihrer Geschichten, das war alles.

Sein Herz stolperte in ungleichmäßigen Rhythmen durch seine Brust und wollte ihm nicht glauben.

Zumindest hatte sie scheinbar immer noch keinen Verdacht, wie ernst seine Frage gemeint war.

Und falls doch, dann hatte sie überhaupt nichts mit den Menschen gemeinsam, die ihn vor so langer Zeit so einsam gemacht hatten.

Konnte das möglich sein? Hatte sich die Welt so sehr verändert?

Zumindest nicht ganz. Die Feen vor dem Fenster hatte sie überhaupt nicht gesehen. Das war zu seltsam. Gut, die hatten auch ein bisschen panisch die Flucht ergriffen, nachdem die Tür aufgegangen war. Trotzdem hätte Lea ihre Gegenwart zumindest spüren sollen oder ein Flimmern in der Luft wahrnehmen müssen oder irgendetwas.

Aber dass Menschen offensichtlich so komplett blind für Magie waren, irritierte ihn auch nach all diesen Jahren noch.

Das einzige, was ihn noch mehr gewundert hatte, war der Stich in den Magen, den ihre Offenbarung nach sich gezogen hatte. Was kümmerte es ihn, ob ein Mensch den Wald nun mochte oder nichts mit ihm anfangen konnte?

Trotzdem hatte dieser Stich getroffen, genau dorthin, wo sonst das Lachen saß.

Wieso, das wusste er nicht.

Er wusste nur, dass das Gefühl an derselben Stelle saß wie das merkwürdige Ziehen, als sie ihm angeboten hatte zu bleiben und das Aufbäumen, als er die Unsicherheit in ihrer Stimme gespürt hatte.

Er lehnte sich zurück und starrte an die Decke. So hatte er sich diesen Tag sicher nicht vorgestellt.

Und er war noch nicht zu Ende.

***

Lea stand im Badezimmer und starrte in den Spiegel.

Sie war froh, nicht allein zu sein. Nein, das war nicht alles, sie war froh, dass Fynn hier war.

Dabei hatte sie ihn gerade erst kennengelernt, schuldete ihm etwas – nicht nur irgendetwas, sondern sogar ihr Leben – und dann war er auch noch so völlig anders als alle anderen Menschen, die sie bisher kennengelernt hatte. Zugegeben, gerade das machte seinen Reiz aus. Schnell schob sie all diese Gedanken beiseite.

Ein leises Klopfen hinter ihr an der Fensterscheibe. Sie drehte sich herum und sah Regen, der vor dem Schwarz der Nacht an der Fensterscheibe glitzerte. Erst in einzelnen Tropfen, dann als rauschender Vorhang.

Das war doch kein Wetter, um draußen zu übernachten. Schon allein die Höflichkeit verlangte, dass sie ihn hier übernachten ließ.

Sie schlüpfte in ihren Schlafanzug, lange Hose, Spaghettiträger-Oberteil und Plüschpantoffeln mit Katzenohren.

Ein letzter Blick auf das dunkle Fenster und die Wand aus Regen dahinter, mit all ihren finsteren Möglichkeiten.

Es war wirklich gut, nicht allein zu sein.

Als sie wieder nach draußen kam, hatte Fynn sich ans eine Ende des Sofas gesetzt, sämtliche Gliedmaßen von sich gestreckt und starrte an die Decke.

Er sah auf und deutete auf ihre Schuhe. »Was ist das?«

»Die gemütlichsten Pantoffeln zwischen hier und Neuseeland.« Sie lächelte.

»Was ist Neuseeland?«

Wieder so eine merkwürdige Frage. »Bist du nie zur Schule gegangen?« Sie setzte sich neben ihn aufs Sofa, während er überlegte.

»Wahrscheinlich nicht«, sagte er schließlich.

»Wahrscheinlich?«

Seine Fingerspitzen zeichneten verschnörkelte Pfade auf die Armlehne des Sofas. »Der Wald ist mein Lehrer.«

»Bist du ehrlich noch nie im Dorf gewesen?« Sie hob die Augenbrauen.

»Nein.« Fynn sah sie aufmerksam an. »Wieso sollte ich?«

»Na ja, viele Menschen leben dort.«

»Vielleicht bin ich nicht normal.« Seine Augen waren fest auf sie geheftet. Er sah aus, als würde er jeden Moment die Flucht ergreifen.

Lea machte eine nachdenkliche Pause. »Bist du denn glücklich hier draußen – so allein?«

»Hör mal hin«, flüsterte er.

Lea war verwirrt, aber sie lauschte. »Was denn?«, fragte sie mit gesenkter Stimme.

»Hörst du den Regen?«

Sie nickte.

»Wie kann ich unglücklich sein, wenn der Regen Lieder für mich singt? Wie kann ich alleine sein, wenn der ganze Wald vor Leben summt.«

»Du bist schon ein bisschen seltsam, weißt du das?«

Er grinste. »Ganz im Gegenteil, ich denke, *du* bist ein bisschen seltsam.«

»Ach, wirklich?« Sie lachte. »Aber wahrscheinlich hast du recht. Jeder Mensch ist auf seine ganz eigene Weise seltsam.«

»Ist das gut oder schlecht?«

Sie zuckte mit den Schultern. »Meine Großmutter sagt immer *Hauptsache, du bist glücklich.*«

»Sie scheint eine kluge Frau zu sein.«

Lea nickte. »Sie hat mir viel beigebracht. Unter anderem auch, dass man immer höflich sein soll. Ich möchte mich noch einmal bei dir bedanken.«

»Das hast du doch schon getan. Kein Ding.«

Irgendwie hatte sich seine Sprache verändert, oder täuschte sie sich? Seine Stimme klang immer noch, als würde er singen, aber seine Worte waren viel … moderner als noch vor ein paar Stunden. Oder bildete sie sich das ein? Vielleicht färbte sie ja auch ab.

»Nein … ich meine … natürlich dafür, dass du mein Leben gerettet hast. Aber auch für den Salat … abgesehen von den Maden, versteht sich. Und vor allem dafür, dass du bleibst.«

Sie strich sich eine Strähne hinter das Ohr und sah, wie sein Blick ihren Fingern folgte.

»Wenn du willst, erzähle ich dir auch noch eine Geschichte.« Sie lächelte und seine Augen bekamen sofort ein neugieriges Funkeln.

»Was willst du mir denn erzählen?«

»Ich weiß nicht, was möchtest du denn hören?«

Er legte seinen Kopf nach hinten und starrte einen langen Moment an die Decke.

»Wie ist es in der Stadt?«, fragte er.

»Für jemanden, der noch niemals da war?« Sie legte den Kopf zur Seite. »Also zuerst einmal sind da sehr viele Häuser. So wie das hier, aber aus Beton. Darin leben die Menschen. Es gibt Straßen und Autos und Geschäfte. Eben alles, was man zum Leben braucht.«

»Was sind Straßen?«

»Geteerte Wege.«

»Die braucht man zum Leben?«

»Nein, aber damit man besser Auto fahren kann.«

»Und Autos braucht man um …«

»Schnell weite Strecken zurückzulegen.«

»Und wohin fahrt ihr?«

»Meistens zur Arbeit, würde ich sagen, oder in den Urlaub.«

»Und wann seid ihr in euren Häusern?«

»Zum Schlafen und zum Essen.«

»Aber ihr fühlt euch dort nicht wohl?«

»Wie kommst du denn darauf?«

»Wenn ihr zum Arbeiten woanders hinfahrt und für den Urlaub auch, dann kann es in euren Häusern ja nicht allzu gemütlich sein.«

»Es kann eben nicht jede Arbeit von zu Hause aus gemacht werden. Und im Urlaub möchte man ja auch mal was anderes sehen.«

»Und wo fahrt ihr dann hin?«

»Ans Meer oder in die Berge oder in den Schwarzwald.« Sie grinste.

Schweigend starrte er in die Luft. »Also, ihr wohnt in Häusern, um den ganzen Tag woanders zu arbeiten und Urlaub im Wald machen zu können. Warum wohnt ihr dann nicht gleich im Wald? Hier gibt es alles, was ihr braucht.«

Lea blinzelte verwirrt. »Weil es da nass ist«, antwortete sie. »Außerdem, ganz so einfach ist es ja nun nicht.«

»Es klingt aber ziemlich einfach. Außerdem braucht der Wald die Feuchtigkeit. Ohne Wasser gibt es kein Leben. Selbst du bestehst daraus. Hier.« Fynn richtete sich auf und saß plötzlich ganz dicht vor ihr. Er roch nach Moos und Erde und Regen. Er legte seine Hand um ihre, drehte sie vorsichtig herum und fuhr mit seinem Finger die Ader an ihrem Unterarm entlang. Das leise Kribbeln jagte ihr eine Gänsehaut bis in den Nacken hinauf. Seine Fingerspitze stoppte in der Mitte ihrer Handfläche und er sah ihr fest in die Augen. »Alles Wasser.«

»Wohl eher Blut, oder?«

»Bist du sicher?« Er schüttelte bestimmt den Kopf und lächelte vielsagend. »Aber es scheint doch blau.«

Die Ader sah tatsächlich bläulich aus und Lea konnte sich noch dunkel erinnern, in der Schule gelernt zu haben, dass der menschliche Körper zu sechzig Prozent aus Wasser bestand.

Trotzdem war das Einzige, an das sie denken konnte, die Wärme seiner Hand unter ihrer.

Sie strich sich eine Strähne aus der Stirn und sah, wie sein Blick erneut ihrer Geste folgte.

»Darf ich es öffnen?«, fragte er unvermittelt.

Lea versuchte, ihren Blick von seinen Lippen zu lösen. »Mein Haar?«

Er nickte und sie sah, wie seine freie Hand sich in ihre Richtung bewegte.

Es war nur ein Zopf. Sie hielt ihn nicht auf.

Seine Finger glitten in ihr Haar, fanden den Gummi und zogen ungeschickt daran. Sie kam ihm zu Hilfe und öffnete den Knoten. Seine Finger fuhren durch eine Strähne, zogen sie nach vorne und ließen die wilde Locke über ihre Schulter springen.

»Es ist wunderschön.«

Ihr Puls nahm Geschwindigkeit auf, sie spürte seinen Atem auf ihrer Haut, seine Worte klangen weich in ihrer Brust. Seine Lippen schienen vor ihren zu glühen. Lea folgte einem Impuls und beugte sich nach vorne.

Fynn zuckte zurück. »Was machst du?«, fragte er mit geweiteten Augen.

Und ganz einfach so war der magische Moment verpufft. »Es tut mir leid, ich dachte … ich …« Lea rutschte ein Stück nach hinten, die Sache war ihr verdammt peinlich. Aber er hatte ihr doch Zeichen gegeben, oder? War sie jetzt völlig verrückt? Die Sache mit dem Zopf, das war doch eindeutig, er musste es doch auch gespürt haben. Das Kribbeln auf ihrer Haut, das Summen in der Brust, das Prickeln auf den Lippen. Hatte sie sich das alles eingebildet?

Sie wollte aufstehen, aber er hielt sie fest.

»Warte, es … es tut mir leid, ich bin nicht sicher …«

Lea starrte auf seine Finger und er ließ sofort los. »Kein Problem«, sagte sie. »Ich … ich hab dich nur missverstanden. *Mir* tut es leid. Ich bin immer noch froh, dass du da bist, aber … ich hatte einen langen Tag und … ich geh dann wohl mal besser ins Bett.« Die ganze Zeit starrte sie auf die schwarzen Plüschohren ihrer Pantoffeln. »Gute Nacht.«

Dann verschwand sie, so schnell sie konnte, im Schlafzimmer.

Kapitel 8

Als Lea aufwachte, stachen ihr Sonnenstrahlen direkt in die Augen, ihr Schädel brummte und sie hatte ein pelziges Gefühl auf der Zunge. Richtig. Zähneputzen hatte es gestern Abend nicht gegeben, weil die Wasserversorgung noch nicht funktionierte.

Dabei fiel ihr auch Fynn wieder ein und ihr äußerst peinlicher Auftritt.

Sie griff murrend in das Kopfkissen und zog es sich über das Gesicht. Was war ihr nur eingefallen?

Wie hatte sie die Situation nur so fehlinterpretieren können?

Sie seufzte. Aber über vergossene Milch soll man nicht weinen. Also schleuderte sie das Kissen von sich und schwang die Beine aus ihrem Bett.

Vorsichtig steckte sie den Kopf ins Wohnzimmer.

Fynn lag auf dem Sofa, das eine Bein hing auf dem Boden, der Ärmel des grauen Pullovers hatte seine Hand verschluckt und sein Kopf fiel nach hinten über die Armlehne.

Sie musste lächeln, denn er sah ziemlich niedlich aus.

Reiß dich zusammen.

Er wollte sie nicht, dann war das eben so. Sie ging kurz ins Bad, zog sich um und schlich sich dann mit ihrem

Handy nach draußen. Sie wollte versuchen, ihren Chef anzurufen und brauchte dafür einen besseren Empfang.

Auf Zehenspitzen huschte sie am Waschbecken vorbei und stockte kurz, als sie den blitzsauberen Teller entdeckte.

Der wirkte fast wie abgeleckt.

Nein, er hatte ihn sicher im Regen abgewaschen. Aber so viel Arbeit hätte Fynn sich nicht machen brauchen. Ob er sich entschuldigen wollte? Das war nicht notwendig, schließlich hatte sie ja den Fehler gemacht.

Nett war es trotzdem.

Sie lächelte leise und schlich weiter zur Tür.

Als sie nach draußen trat, empfing sie der Geruch von feuchter Erde, und Kälte kroch von unten in ihre Kleider. Vielleicht hätte sie sich doch erst anziehen sollen. Sie rieb sich die Arme und ihr Blick fiel zwischen die Bäume. Nebel waberte in der Ferne zwischen den Baumstämmen, hing gespenstisch im farngrünen Unterholz und wirbelte träge mit frostigem Atem in die tannengrünen Zweige. Vögel zwitscherten im blassen Morgenlicht, das durch die Baumkronen sickerte.

Sie musste lächeln. So wirkte der Wald tatsächlich magisch und geheimnisvoll. Wahrscheinlich hätte es sie nicht einmal gewundert, wenn plötzlich ein Einhorn zwischen den Bäumen herausgetreten wäre.

Natürlich passierte das nicht.

Sie machte einen kleinen Abstecher zur Zisterne. Der Regen der letzten Nacht hatte sie zwar ein gutes Stück gefüllt, aber durch den Riss trat Sprühwasser in einem breiten, hauchdünnen Fächer aus.

Lea seufzte und fuhr mit der Hand durch die kühle Feuchtigkeit. Tropfen bildeten sich an ihren Fingerspitzen und fingen das Sonnenlicht wie magische Perlen. Hey, vielleicht war das eine gute Idee für das Designkonzept, das ihr gerade solche Schwierigkeiten bereitete. Ein glänzender Wassertropfen auf dem *i* des Firmennamens.

Das könnte sie dann auch in anderen Strukturen wiederholen.

Sie ließ das Wasser ein paar Mal in ihre Hände laufen und trank in großen Schlucken. Dann ging sie ein Stück den Berg hinunter, während sie mit ihrer neuen Idee spielte, und hielt immer wieder das Handy in die Höhe, auf der Suche nach dem Netz, das sie gestern benutzt hatte.

Gerade, als sie sich schon entschlossen hatte, den Berg hinaufzusteigen, erschien ein kleiner Balken und sie empfing auch sofort eine SMS.

Und wie war die erste Nacht? Ist Bruno der Axtmörder vorbeigekommen? Dein Hasi.

Lea schüttelte amüsiert den Kopf. Warum Bibi auch einen Codenamen brauchte, war ihr schleierhaft. Immerhin standen die Chancen gut, dass in ihrem Elternhaus kein Axtmörder wohnte, aber schließlich tat sie fast alles für ihre Schwester.

Sie biss sich konzentriert auf die Zunge und tippte.

Kein Axtmörder. Dafür ein knuffiger Nachbar, der mich aus dem See gefischt hat. Leider hat er kein Interesse, dafür macht er einen exzellenten Madensalat. Später mehr, weil mieser Empfang. Immer noch alles Roger. Dein Schnuffel.

Sie grinste zufrieden und drückte auf *Senden*.

Anschließend schrieb sie noch eine zweite SMS für ihren Kunden. Dass sie schon eine Idee habe, aber warten müsste, bis sie wieder Zugang zu vernünftigem Bildmaterial hatte. Es könnte nächste Woche werden.

Jetzt kam die weit schwierigere Aufgabe. Hoffentlich reichte die Verbindung für ein Telefonat.

Noch war der eine Balken vorhanden.

Sie wählte und wartete Ewigkeiten auf das Freizeichen. Es tutete dreimal, bevor ihr Chef dranging.

»Hallo Frau Behrens. Ich gehe davon aus, es läuft hervorragend.«

»Guten Tag Herr Walter. Das Haus steht zumindest noch. Ihr Nachbar war so freundlich, mir mit dem Generator zu helfen. Heute kümmere ich mich um das Wasser.«

»Nachbar? Wieso Nachbar? Ich habe keinen Nachbar. Wenn Sie jemanden haben kommen lassen, ist das vollkommen in Ordnung. Ich hab doch gesagt, ich bezahl das. Oder war das der *Reisig*? Hören Sie, wenn der auftaucht, dann schicken Sie den in die Wüste.«

»Ich kenne nur den Vornamen, er …« Aber ihr Chef ließ sie gar nicht aussprechen.

»Egal, wie er sich nennt. Er ist klein, untersetzt, mit Brille, lassen Sie sich von dem bloß nicht täuschen und in keinem Fall lassen Sie den rein, verstanden? Der hat da nichts zu suchen. Der würde mir nur zu gerne eine reinwürgen, der kleine Sesselpupser, das kann ich Ihnen sagen. Aber das ist Privatbesitz. Zur Not rufen Sie die Polizei, verstanden?«

Lea bezweifelte, dass die Polizei hier herauskommen würde. Aber das sagte sie nicht. »Ja, verstanden. Ich lasse niemanden rein.« Der aussieht, als könnte er Reisig heißen, fügte sie in Gedanken hinzu und hatte ein schlechtes Gewissen. Andererseits ging es dem Chef ja nur um die Sicherheit seines Grundbesitzes und Fynn sah nun wirklich nicht wie ein Sesselpupser aus. Sie biss sich auf die Lippe.

»Okay«, sagte ihr Chef im geschäftsmäßigen Ton. »Wie sieht es sonst aus? Machen Sie Fortschritte?«

Sie überlegte kurz, ob sie ihm von dem Zwischenfall mit der Quelle erzählen sollte, entschied sich aber dagegen.

Das klang so nach Ausrede. Lieber die Stärken herausstreichen. »Ich hab eine Liste aufgestellt und werde bald ein paar Besorgungen im Dorf machen. Und vielleicht brauchen Sie eine neue Zisterne, die alte hat einen Riss.«

»Eine neue Zisterne?« Plötzlich klang er so wütend, dass Lea befürchtete, er würde gleich durch die Leitung springen.

»Das geht nicht, dann steht Ihnen der Reisig gleich auf der Matte. Das müssen Sie anders regeln. Vielleicht kann man das ja irgendwie flicken.«

»Und wenn nicht?«

»Dann rufen Sie mich noch mal an. Aber bitte lassen Sie unter keinen Umständen eine Zisterne da hochschleppen, verstanden?«

»Verstanden.«

»Rufen Sie mich wieder an, wenn es etwas Neues gibt. Wiedersehen.« Er legte auf, bevor Lea antworten konnte. Ja, das war ihr Chef, immer effizient und nie ganz höflich. Trotzdem war er ein guter Mensch – meistens. Sie schob ihr Handy in die Hosentasche und drehte sich um.

***

Fynn räkelte sich auf dem roten, durchgesessenen Sofa, alle seine Muskeln taten ihm weh. Es gab definitiv Angenehmeres, als in einem menschlichen Körper auf so einem Dings zu schlafen.

Andererseits fühlte er sich auf eine Art erholt, die er so bisher nicht kannte – irgendwie sanft. Noch immer zwischen Schlaf und Wachsein, kitzelten ihn ein paar Sonnenstrahlen an der Nase. Er lächelte. Wenn der Untergrund etwas besser gewesen wäre, könnte er sich durchaus vorstellen, das öfter zu machen – zu schlafen.

Er gähnte und genoss das befriedigende Gefühl, das dabei in seinem Rachen entstand und sich bis auf seine Zunge ausbreitete.

Eine sehr interessante Angelegenheit, die menschliche Existenz in allen Aspekten auszutesten.

Ein leicht flaues Gefühl breitete sich in seinem Magen aus. Allerdings fühlte es sich anders an als Hunger, oder?

Konnte es an der merkwürdigen Situation vom Vorabend liegen? War das ein *Nachgeschmack*?

Es war faszinierend, wie die Worte einen Weg in sein Gehirn fanden.

Sie schienen in der Luft zu hängen, sobald Lea den Raum betrat. Für Dinge, die er kannte, konnte er sie einfach aufschnappen, sie flogen ihm zu, durch ihn hindurch und wurden ein Teil von ihm, ohne dass er es bewusst merkte. Neue Dinge musste sie erklären oder zumindest aussprechen, damit er sie fangen konnte. So war es gestern gewesen. Das Wort hatte zwischen ihnen gehangen, aber er hatte es nicht greifen können. Zuerst.

Küssen.

Das war das Wort.

Als sie den Raum verlassen hatte, war ihm das klargeworden.

Ein merkwürdiges Konzept. Er hatte es tatsächlich schon einmal gesehen, aber das war lange her. Deshalb hatte sich das Wort auch so gesträubt, einen Weg auf seine Zunge zu finden.

Eine sehr sinnlose Tätigkeit, die nirgendwohin führte und nicht einmal zur Fortpflanzung diente.

Deshalb war ihre Reaktion wohl auch leicht übertrieben. Andererseits machte ihn gerade das neugierig.

Was konnte schon so Besonderes am *Küssen* sein, dass sie ihr Verhalten als angemessen empfand?

Vielleicht irrte er sich auch komplett. Vielleicht war das abgestandene, drückende Gefühl in seinem Magen doch nur Hunger.

Er stand auf, spürte das weiche Holz unter seinen bloßen Füßen und ging dann nach draußen. Eine Windböe schwebte durch die Bäume, raschelte in den Baumkronen und forderte ihn zu einem Wettrennen heraus. Er lachte. »Später.« Zuerst hatte er noch etwas zu erledigen. Denn, was auch immer da gestern Abend passiert war, sie hatte ihm seine Reaktion übel genommen und aus unerfindlichem Grund war es ihm wichtig, das wiedergutzumachen.

Also ging er zu der Stelle mit dem hässlichen Kanister, der das Wasser hielt. Fynn musste sich konzentrieren, damit seine Magie nicht überschwappte und die kühle Feuchtigkeit aus ihrem Gefängnis befreite.

Blaues, kaltes Kitzeln unter seiner Haut, das herauswollte. Er atmete tief ein und seine Lunge füllte sich mit würzig, kühler Waldluft, die ihn ausfüllte, umhüllte und wieder ruhiger werden ließ.

Fynn richtete seine Gedanken auf den großen Kanister, grub seine Zehen in den kühlen, weichen Boden und suchte nach Feuchtigkeit, er brauchte eine Verbindung zu dem Wasser im Kanister, um mit ihm zu sprechen. Also ließ er ein schmales Rinnsal den Behälter hinaufkriechen und sobald es mit dem Riss in Berührung kam, hörte der kleine Sprühregen auf.

Natürlich bestand die Gefahr, dass sie sich wunderte, und sein Verstand versuchte, ihn an all die guten Gründe zu erinnern, weshalb das keine gute Idee war, aber es kümmerte ihn nicht.

Kapitel 9

Sie entdeckte Fynn, der vor dem großen Wassertank stand und scheinbar einfach nur vor sich hinstarrte. Lea wollte sich gerade in Bewegung setzen, da stoppte der Wasserfächer – einfach so.

Aber das konnte nicht sein. Denn Fynn hatte sich nicht einmal bewegt. Sicher stand sie nur zu weit entfernt, um den Sprühregen richtig zu erkennen.

Als sie näher kam, war sie sich sicher, dass kein Wasser mehr aus dem Riss kam. War die Tonne leergelaufen?

Nein. Das Wasser stand noch gut kniehoch.

»Wie hast du das gemacht?«, fragte sie staunend.

Er hob nicht einmal den Blick. »Das ist nur provisorisch, wir müssen eine andere Lösung finden.« Aber das war natürlich keine Antwort auf ihre Frage.

Sie schob sich eine Strähne hinter das Ohr und wusste nicht, was sie denken sollte.

»Bist du mir immer noch böse?«, fragte er und sah sie an.

Lea schob die Hände in die Hosentaschen. »War ich nie.« Sie zog die Schultern hoch. »Nicht wirklich.« Schnell wechselte sie das ungemütliche Thema. »Allerdings finde ich es schon ein bisschen seltsam, dass du mich angelogen hast.«

Jetzt sah er sie aus großen Augen an.

»Mein Chef meint, er hätte gar keinen Nachbarn. Das heißt, du wohnst gar nicht hier.«

Fynn lachte, ein glucksendes, sprudelndes Lachen, als hätte sie einen echt guten Witz gemacht und all die Beklemmung löste sich in Luft auf. Vielleicht könnten sie ja gute Freunde werden. Zumindest, solange wie sie hier blieb.

»Aber natürlich wohne ich hier.«

»Ach ja? Wo denn?«

Er grinste. »Du warst sogar schon da.«

Jetzt zog sie die Augenbrauen zusammen. Das war blanker Unsinn, »Ich habe hier noch kein Haus gesehen.«

»Wer sagt, dass ich in einem Haus leben muss?«

»Das heißt, du schläfst auf dem Boden?«

Er seufzte und legte nachdenklich den Kopf zur Seite.

* * *

»Ich würde es dir gerne zeigen«, sagte Fynn und drückte damit seinen innigsten Wunsch aus. Aber die Frage war, ob das überhaupt möglich war. Denn selbst, wenn er wollte – und so ganz sicher war er sich da noch nicht – war sie in der Lage, es zu verstehen?

»Na dann. Ich bin gespannt.«

»Ich weiß nicht, ob das geht.«

»Wieso das denn nicht?« Sie zog die Brauen hoch.

»Weil du blind bist.«

»Ich bin doch nicht blind. Hier, ich hab zwei Augen im Kopf und kann dich klar und deutlich erkennen.«

»Du siehst meine augenblickliche Form, aber nicht meine Magie.«

Sie verschränkte die Arme und Fynn überlegte, sich einfach jetzt und hier in Wasser aufzulösen. Nur, um ihr ein für alle Male zu beweisen, dass es Magie gab, dass der Wald voller Wunder war, dass sie sich mit all ihren steifen Ansichten über Häuser und Städte schlicht irrte. Aber er erinnerte sich noch zu deutlich an die Schreie der

Frau vor so vielen Jahren und er wollte nicht riskieren, Lea völlig zu verlieren.

Er dachte an letzte Nacht. Feen waren ein sehr viel unschuldigerer Anfangspunkt. Etwas Niedliches, Schönes, das man mögen konnte. Etwas, was ungefährlich war und was vor allen Dingen nicht direkt von ihm ausging.

Aber um ihr die Magie zu zeigen, brauchte Fynn Unterstützung und er hatte auch schon eine Idee, wer ihm dabei helfen konnte.

Das Beste an der Sache war, sollte sie auf die Idee kommen, den Menschen davon zu erzählen, machte es nichts aus, weil die ja genauso blind waren wie Lea selbst.

»Sagen wir, ich kann dir beweisen, dass mehr da draußen ist, als auf den ersten Blick zu sein scheint.«

Sie sah ihn zweifelnd an. »Du meinst das ernst?«

Er nickte. »Alles, was wir brauchen, ist die Unterstützung einer Hexe. Dann bist du in der Lage, die Magie zu sehen.«

»Eine Hexe.« Er konnte die Skepsis in ihrer Stimme förmlich schmecken.

»Es ist nichts weiter dabei. Du kommst mit, sie erklärt dir, was du tun musst und damit sind wir quitt.«

»Quitt?«

»Das heißt, du kannst dich einfach rumdrehen und gehen, wenn du mich immer noch für verrückt hältst. Aber das wirst du nicht, wenn du erst einen Blick auf die Feen geworfen hast.«

»Feen.« Sie starrte ihn stumpf an. »Moment, was heißt, wir sind quitt?«

»Na, du machst dir doch die ganze Zeit solche Gedanken, wie du dich bei mir revanchieren kannst.«

»Weil du mich aus dem Wasser gezogen hast?«

»Deswegen und überhaupt für alles. Wenn dir das hilft, dann betrachte dein Einverständnis als meine Entschädigung.«

»Das heißt, ich komme einfach nur mit und dann schulde ich dir nichts mehr?« Sie klang nur halb so begeistert, wie er erwartet hatte. Aber Hauptsache, sie kam mit ihm mit. »Genau.« Mehr konnte er nicht verlangen. Mehr wollte er überhaupt nicht verlangen. Wenn sie tatsächlich nicht bereit war, sich darauf einzulassen, dann war es an der Zeit, sie gehen zu lassen. Dann wollte er nicht einmal mehr ihre Geschichten hören. Diese Erkenntnis machte keinen Sinn, denn die Geschichten waren der einzige Grund, weshalb er überhaupt hier stand – oder?

Lea allerdings schien erleichtert zu sein.

»Und ich muss nichts tun? Also keine Pillen schlucken oder so etwas?«

»Nichts, was du nicht von dir aus möchtest«, sagte er.

Sie seufzte. »Okay, Hand drauf.«

Fynn starrte ihre Finger an, die sie ihm entgegenstreckte. Er zögerte einen Augenblick. Denn er hatte keine Lust, den Funkenflug von gestern zu wiederholen. Er war sich immer noch nicht sicher, was da genau passiert war. Aber es schien ihr wichtig zu sein. Deshalb nahm er die dargebotene Hand und schüttelte sie eilig. Kein Blitz, kein Zucken, nur ein leises, warmes Kribbeln, das zwischen ihren Handflächen summte.

* * *

»Aber zuerst muss ich ein bisschen arbeiten«, warf Lea ein.

Fynns Schultern sackten nach unten.

»Diese Hexe wird uns doch nicht davonlaufen, oder? Außerdem habe ich noch nicht gefrühstückt und seit ich hier bin, hab ich noch keinen Handschlag getan. Eigentlich bin ich nämlich nicht zum Spaß hier, weißt du?«

»Was willst du denn so Dringendes machen? Dein Generator läuft, die Zisterne ist für den Moment dicht und Frühstücken können wir unterwegs. Keine Maden, versprochen.« Sein linker Mundwinkel hob sich zu einem halb verwegenen Grinsen.

Lea wusste nicht, was sie mit ihm anfangen sollte.

Aber, als er die Zisterne erwähnte, fiel ihr wieder ein, weshalb sie sich vorhin noch so gewundert hatte. Der plötzlich versiegende Wasserfächer. Und überhaupt gab es eine Menge Ungereimtheiten. Den Funkenflug bei ihrer ersten Berührung. Den Fakt, dass er genau zur richtigen Zeit am richtigen Ort gewesen war, um sie aus dem Wasser zu fischen. Den viel zu sauberen Teller in der Spüle. Die Tatsache, dass er hier lebte, aber ihr Chef behauptete, keine Nachbarn zu haben. Dass er keine eigenen Kleider hatte.

Was, wenn er die Wahrheit sagte? Was, wenn er kein verrückter Einsiedler war, sondern irgendetwas anderes?

Keine Hexe offensichtlich, denn sonst müssten sie jetzt keine suchen. Aber was wäre, wenn es für all die Ungereimtheiten eine *magische* Lösung gäbe?

Ihr Kopf erklärte sie natürlich für völlig übergeschnappt. Aber das Kribbeln in ihrer Brust sagte ihr, dass sie gar nicht anders konnte, als mit ihm zu gehen und die Wahrheit herauszufinden.

Klar, die Chancen standen gut, dass er ihr völligen Blödsinn erzählte. Dass die Hexe, von der er sprach, ein merkwürdig geformter Baumstumpf war, von der Eloquenz eines Pfifferlings und ungefähr so magisch wie eine geräucherte Salami. Aber diese winzig kleine Chance, dieses fantastische Kitzeln dicht unter der Haut, das machte es einfach unmöglich, sich jetzt umzudrehen und in der Waldhütte den Fußboden zu schrubben.

»Also gut«, sagte sie.

Fynn sah sie überrascht an. »Wirklich?«

Sie nickte. »Ich muss nur schnell noch etwas holen.« Damit verschwand sie kurz nach drinnen und kramte das Pfefferspray aus ihrem Rucksack.

Nur für den Fall, dass sich der hexenförmige Baumstumpf doch noch als Bruno der Axtmörder entpuppte.

Kapitel 10

Sie kamen nur langsam vorwärts. Lea starrte auf den Boden, um nicht über eine Wurzel zu stolpern oder sich in einem Dornengestrüpp zu verfangen.

Plötzlich lachte Fynn. »Jetzt musst du zugeben, dass es wunderschön ist.«

»Was ist wunderschön?« Sie war gerade an einer besonders glitschigen Stelle angekommen und wägte ab, wie sie ihre Füße setzen musste, um auf den Schichten aus modernden Blättern keine Rutschpartie hinzulegen.

Fynn blieb stehen und drehte sich zu ihr um. Sie sah ihn an und ihr Blick traf auf blassblaue Eisaugen, die ihr Herz ungefragt zum Frösteln brachten – ein warmes Frösteln.

»Wo siehst du eigentlich hin?«, fragte er fast vorwurfsvoll. »Immer nur auf die Erde?«

»Ich muss doch sehen, wo ich hintrete. Ich hab keine Lust, mich mitten in den Matsch zu legen oder mir sogar das Genick zu brechen.«

»Kein Wunder, dass du nichts siehst. Du musst den Blick heben, um die Schönheit zu erkennen.«

»Und was sehe ich dann?«

»Magie«, er lächelte und breitete die Arme aus.

»Ich dachte, ich bin blind.«

»Es gibt Dinge, die du jetzt schon sehen könntest, wenn du nur die Augen öffnen würdest.«

Er legte seine Handfläche auf den nächstgelegenen Baumstamm. »Fühlst du das?«

»Ich nehme an, die Rinde ist kalt und rau. Ein Baum eben.« Lea wartete nur darauf, dass er sie aufforderte, es ihm nachzumachen oder mit ihm zusammen gleich den ganzen Stamm zu umarmen.

Stattdessen schüttelte er den Kopf wie jemand, der einem Kind erklärt, dass man beim Laufen die Füße voreinander setzen muss. »Das ist ein echtes Wunder. Das ist ein Samenkorn, das vor hundert Jahren auf den feuchten Boden gefallen ist, das Wurzeln geschlagen hat und in den Himmel wuchs. Jeden Tag richtet dieser Baum seine Blätter zur Sonne, um Leben zu trinken, weiter zu wachsen und eigene Samen in die Welt zu schicken.«

Lea konnte nicht anders, als ehrfürchtig nach oben zu blicken. Blätterschatten zeichneten grünschwarze Muster in den strahlendblauen Himmel. »Trotzdem ist es nur ein Baum, keine Magie«, sagte sie fest.

»Und du bist nur ein Mensch.«

»Und du auch.«

»Wer weiß.« Er grinste wissend und setzte sich wieder in Bewegung.

Lea starrte ihm hinterher. Sie erinnerte sich an zahllose Campingurlaube und endlos viele Mückenstiche. Himmel, sie war sogar jetzt übersäht von den roten, juckenden Beulen. Sie dachte an eisige Nächte, an feuchte Schlafsäcke, an kalte Dosenravioli. Nein, in ihrer Vergangenheit gab es nicht viel, das sie *Schönheit der Natur* hätte nennen wollen.

Aber jetzt, als sie unter den Baumriesen stand, in die mächtigen Äste hinaufblickte und das Singen des Windes zwischen Blättern und Tannenzapfen hörte, konnte sie gar nicht anders, als zuzugeben, dass doch ein wenig Magie hier wohnte. Vielleicht nicht auf die verrückte Art und Weise, die Fynn ihr verkaufen wollte, aber doch ein magisches Wirken und Wachsen und Leben.

Mit einem Lächeln erinnerte sie sich an das goldene Funkeln des Regentropfens, der sie eben noch zu einer Idee für ihren neuesten Kunden inspiriert hatte und war sich plötzlich ganz sicher, dass Magie auch in der Wirklichkeit existierte. Zwischen morgendlichem Nebel, Jahrhunderte alten Baumkronen und rauschenden Blättermeeren.

»Kommst du?«, rief Fynn.

»Bin unterwegs.« Sie warf noch einen Blick nach hinten und entdeckte die Hütte zwischen den Bäumen. Da ihr Handy ohne Netz nicht als GPS funktionieren würde, merkte sie sich ersatzweise einen umgestürzten Baum, dessen Äste wie ein gigantisches, schwarzes Hirschgeweih in die Luft stachen.

Noch ein Wunder. Oder zumindest eine Inspiration. Vielleicht beides.

Sie gingen lange durch das Unterholz. Lea merkte sich noch einen großen Findling, ein Regenschirm, dessen verrostetes Gerippe in einer Baumkrone hing und einen Baum, der von unten bis oben mit Efeu eingeschlossen war. Es sah unglaublich aus, die Ranken hatten sich wie dünne Ärmchen um den Stamm gelegt und das dunkle Grün der Blätter raschelte im Wind.

So wirkte der Baum ganz und gar nicht wie ein Ding, sondern eher wie ein großer, grüner, haariger Riese, der lebte und atmete. Lea konnte seinen Atem sogar hören, ein Rauschen, das immer lauter wurde. Dann sah sie den Bach.

Fynn stellte sich mitten in den brausenden, schmalen Strom, der in plätschernden Mustern glitzernd und sprudelnd über die Steine sprang. Dabei sah Fynn ungeheuer konzentriert aus, als würde er eine komplizierte Unterhaltung führen.

Als er wieder heraus trat, kümmerte er sich nicht um die klatschnassen Hosenbeine, sondern deutete stromabwärts. »Wir haben Glück. Sie ist nicht mehr weit.«

Lea war sich nicht ganz sicher, ob sie von Glück reden würde. Sie war müde, immerhin waren sie schon eine ganze Weile unterwegs, und sie war hungrig. Denn bis auf ein paar Beeren, die Fynn zielsicher in einem gut versteckten Busch gefunden hatte, war Leas Bauch noch gähnend leer.

Außerdem bedeutete das nur, dass sie im besten Fall auf jemanden treffen würden, der sich für eine Hexe hielt.

Obwohl, war das der *beste* Fall?

Lea folgte ihrem Begleiter über die wackligen Steine am Ufer und rutschte zweimal ab, bis er ihr die Hand hinhielt.

»Du solltest diese klobigen Dinger vielleicht besser ausziehen.« Er nickte zu ihren Schuhen hinab.

»Damit ich mir auch noch die Füße aufschneide?«

»Damit du besseren Halt findest.«

»Nein danke.«

Er hielt ihr immer noch seine Hand entgegen. Lea verdrehte die Augen und nahm sie dann doch an.

Als er sie berührte, wohnte gleich wieder dieses warme Kribbeln zwischen ihren Händen, das in sie hineinfloss, sich in ihrer Brust ausbreitete und sich anfühlte, als würde sie ihn schon seit Ewigkeiten kennen. Dabei war sie ihm gestern zum ersten Mal begegnet.

Gestern.

Das fühlte sich so kurz an und doch wie eine Ewigkeit.

Plötzlich trat ein Mann aus dem Unterholz, direkt vor ihnen. Er war spindeldürr und unheimlich groß. Dabei stützte er sich auf einen dicken, knorrigen Ast, der ihm bis über die Schulter reichte und mit allerlei Krimskrams behangen war. Lea meinte, Blätter, Federn, Stöckchen, bunte Steine und sogar Knochen erkennen zu können.

Am Kinn wuchs dem Mann ein langer, grauer Ziegenbart, den er zu einem Zopf geflochten hatte und in dem braune Perlen eingearbeitet waren. Über seiner dunklen Kutte trug er einen ausgebeulten, speckigen Lederrucksack und eine halbmondförmige Tasche, die aussah, als wäre sie aus einem Jutebeutel selbst zusammengenäht.

Seine Augen waren schmal, während er Lea betrachtete, aber weiteten sich sofort auf die Größe von Untertassen, als er Fynn entdeckte. »Du?«

»Ihr kennt mich?«, fragte Fynn sichtlich überrascht.

»Natürlich. Ich bin ja nicht blind«, krächzte der alte Kerl. Sein Blick huschte zu Lea, als würde er abwägen, was er sagen konnte. »Ich hätte nie gedacht, dich einmal leibhaftig zu treffen. Es ist mir eine Ehre.« Er neigte seinen Kopf, als wolle er sich verbeugen und Lea verstand die Welt nicht mehr. Denn Fynn nickte einfach nur zurück, als wäre das eine komplett normale Reaktion.

»Das ist die Hexe, von der ich gesprochen habe«, sagte er zu Lea. Die wusste nicht, was sie darauf antworten sollte. Das war doch ein Mann. Oder wurde sie jetzt tatsächlich blind? »Hexe?«, fragte sie unschlüssig.

»Korbinian.« Seine Stimme war rau und Lea entdeckte das Mundstück einer Pfeife, das aus der Seitentasche seines Rucksacks ragte. »Hexer, wenn ich bitten darf. Zauberer ist mir noch lieber.«

Lea wusste beim besten Willen nicht, was sie von dieser Begegnung halten sollte. Vielleicht fand in der Nähe ein Mittelaltermarkt statt? Korbinian blickte irritiert auf einen Punkt zwischen Lea und Fynn. Dabei fiel ihr ein, dass sie immer noch Fynns Hand hielt. Sie löste ihre Finger und sah verlegen zur Seite. Fynn schien das nicht einmal zu bemerken.

»Darf ich fragen, was euch zu mir führt?« Der Hexer – oder was auch immer er sein mochte – richtete seine Worte an Fynn, ließ Lea aber nicht aus den Augen.

Sie hatte fast das Gefühl, als wäre *sie* hier das wundersame Wesen und nicht der blonde Mann ohne Schuhwerk oder der perlenbärtige Hexer.

Wie war sie noch mal hierher gekommen?

Wenn sie ihrer Schwester davon erzählte, würde die sie auslachen. Aber natürlich hätte *Hasi* selber kein bisschen anders gehandelt. Wahrscheinlich wäre sie sogar von alleine auf die Suche nach Feen gegangen, schon bei der allerkleinsten Andeutung, dass etwas Magisches im Wald vor sich gehen könnte. Lea erinnerte sich, wie sie mal eine komplette Nacht mit Bibi im Garten übernachten musste, nur um mit Taschenlampen bewaffnet auf *Rüdiger von Schlotterstein* zu warten.

Sie schüttelte den Kopf und hoffte, dass das hier nicht mehr allzu lange dauerte. Sobald sie mit diesem Hexer fertig waren, würde sie wieder zur Hütte zurückgehen, egal ob Fynn mitkam oder nicht.

Efeubaum. Regenschirm. Findling. Hirschgeweih. Dann noch den Berg hoch und mit ein bisschen Glück würde sie jetzt sogar eine warme Dusche bekommen. Dann eine kleine Bestandsaufnahme und ein Abstecher ins Dorf, einschließlich Frittenbude, damit sie vor der Dunkelheit wieder zurück war und Festbeleuchtung anschalten konnte.

Das klang nach einem Plan.

»Sie ist blind«, antwortete Fynn gerade auf die Frage, was sie überhaupt von dem Hexer wollten.

Statt zu widersprechen, nickte der Mann schlicht. »Natürlich ist sie das.«

»Ich kann sogar ganz hervorragend sehen«, warf Lea ein. »Ich hab in meinem ganzen Leben noch keine Brille gebraucht.«

»Natürlich kannst du das, Kindchen«, sagte der Hexer von oben herab und lächelte mitleidig.

Sie verkniff sich, klarzustellen, dass sie kein *Kindchen* war, denn auf so eine Diskussion hatte sie jetzt ganz sicher keine Lust. Je eher sie wieder hier wegkam, desto besser.

»Was kann man dagegen machen?«, fragte Fynn.

Korbinian kratzte sich mit erdigen Fingern an seinem Kinn, dass der Perlenzopf nur so wippte. »Es gäbe da verschiedene Möglichkeiten. Aber die einzige permanente Lösung wäre ein Tattoo.«

Lea schnappte nach Luft. »Ich will kein Tattoo.«

Fynn warf ihr einen beruhigenden Blick zu. »Welche Möglichkeiten gibt es sonst?«, fragte er.

»Ich könnte einen Trank brauen oder sie müsste einen Talisman tragen.«

Lea würde ganz sicher nichts zu sich nehmen, was dieser merkwürdige Mann zusammengeschüttet hatte, so viel stand fest.

»Wir nehmen den Talisman«, sagte Fynn, als hätte er ihre Gedanken gelesen.

Ein hässliches kleines Grinsen schlich sich in das faltige Gesicht des Hexers, das Lea nur allzu bekannt vorkam. Denn natürlich hatte der Talisman einen Preis. Und ganz offensichtlich würde der nicht gering ausfallen.

»Natürlich, selbstverständlich«, sagte Korbinian. »Ich würde dir gerne helfen, aber ich bin gerade auf der Suche nach ein paar Zutaten für einen Zauber, den ich beim nächsten Vollmond durchführen möchte. Wenn ihr also noch ein bisschen Zeit hättet, um zu warten …«

»Was willst du?«, fragte Fynn sichtlich ungehalten. Es war das erste Mal, dass Lea sah, wie die unbekümmerte Verspieltheit aus seinen Zügen wich. Er war ernst und kalt und sie war froh, dass sie nicht in den Schuhen der Hexe steckte – des Hexers – des Zauberers – wie auch immer.

»Ich könnte etwas Unterstützung bei diesem Zauber gut gebrauchen. Dann hätte ich genug Zeit, um euch euren Talisman zu besorgen.«

»Was ist das für ein Zauber, den du vorbereitest?«, fragte Fynn sichtlich misstrauisch.

Der Alte zuckte mit den Schultern, als gäbe es nichts Nebensächlicheres auf der Welt. »Ist doch ganz gleich. Ein Zauber meiner Wahl.«

Fynn schüttelte bestimmt den Kopf. »Ein fester Talisman für einen festen Zauber.«

Zum Glück konnte er verhandeln.

»Okay, okay.« Die Augen des Alten huschten angestrengt von links nach rechts, als müsste er sich erst noch etwas aussuchen.

»Einen Verjüngungszauber«, sagte er schließlich und dass er dabei nicht anfing zu sabbern, war wohl alles.

Fynns Augen wurden schmal. »Das ist keine Kleinigkeit.«

»Da hast du wohl recht. Aber du verlangst auch keine Kleinigkeit, so ein Talisman braucht die richtigen Zutaten, die richtigen Zauber. Wenn ich mir einen Neuen machen möchte, bräuchte ich sicher ein halbes Jahr.«

Fynns sonst so weiche Lippen waren jetzt ein harter Schlitz. »Woran hast du genau gedacht?«

»Fünfzig, sechzig Jahre.« Der Hexer stützte sich schwer auf seinen Wanderstock, den er mit Sicherheit als seinen Zauberstab bezeichnete, und versuchte ganz offensichtlich noch gebrechlicher auszusehen, als er in Wirklichkeit war.

»Fünf«, sagte Fynn und klang nicht, als ob das zur Verhandlung stünde.

»Dreißig«, zischte der Alte

Fynn warf Lea einen Blick zu und raunte: »Sieben.«

»Zehn«, sagte der Hexer mit einem manischen Glühen in den Augen.

»Einverstanden«, seufzte Fynn.

Die Augen des Alten funkelten, als hätte er gerade im Lotto gewonnen. »Dann treffen wir uns bei Vollmond oben an der Quelle.«

Fynn nickte. »Sicher. Was ist mit dem Talisman? Wie lange brauchst du, um ihn zu besorgen?«

Korbinian griff sich an den Hals und zog ein Lederband aus seinem schmutzigen Hemd heraus. Daran hingen eine Wurzel, ein kleines Beutelchen und ein leicht durchsichtiger, weißblauer Stein. »Hier, sie kann meinen haben.«

Für einen Augenblick hätte Lea schwören können, dass Fynn seine Form verlor und sich in eine Wolke aus Nebel verwandelte. Aber es war so schnell wieder vorbei, dass sie es sich garantiert nur eingebildet hatte. Ein *Nebelgeist. Ja klar*.

»Du hast gelogen«, presste er zwischen den Lippen hervor, die Hände waren zu Fäusten geballt und zitterten vor Wut.

»Ich habe nur schneller geliefert als erwartet.« Der Hexer zuckte mit den Achseln. »Wenn du willst, kann ich dafür den Preis erhöhen.«

Fynns Blick huschte von der Kette zum Ziegenbart und wieder zurück. »Fein.« Er atmete tief und schnappte nach dem merkwürdigen Ding.

»Wir sehen uns bei Vollmond«, sagte der Hexer, damit wollte er sich umdrehen und im Wald verschwinden.

»Warte«, sagte Fynn hart. »Zuerst lass uns deinen Talisman ausprobieren.«

Er trat zu Lea herüber und sah sie fragend an. Aber sie konnte an dem *Schmuckstück* nichts Gefährliches erkennen. Also nickte sie und Fynn legte ihr die Kette um den Hals, die dabei leise klapperte.

Es kitzelte ein bisschen, als seine Fingerspitzen ihren Hals berührten, aber das kam wahrscheinlich von dem Leder. Sonst passierte gar nichts.

Fynn sah sich aufmerksam um, dann deutete er auf einen Stein im Fluss, an dem sich die Strömung brach, sprudelnde, weiße Gischtwellen hüpften dort übereinander. »Was siehst du?«

»Einen Stein?«, fragte Lea.

Ärgerlich wandte Fynn sich um. »Warum sieht sie nichts?«

Korbinian rückte seinen Rucksack zurecht. »Du kannst niemanden dazu zwingen, etwas zu sehen – sie muss es schon wollen. Dafür kannst du weder mich noch meinen Talisman verantwortlich machen.« Damit tippte er sich an die Stirn und ging.

Lea konnte das Lachen in seiner Stimme hören, während er zwischen den Bäumen verschwand.

Kapitel 11

Fynn starrte auf die Stelle, an der eben noch die Windböe gespielt hatte. Hatte der Hexer ihn reingelegt?

Dem Mann musste doch klar sein, dass Fynn dann keinen Grund mehr hatte, sich an seinen Teil der Abmachung zu halten.

Er betrachtete die Kette an Leas Hals, das magische Glimmen des Aquamarins sagte ihm, dass der Talisman eigentlich wirken sollte. Das hieß, Lea müsste in der Lage sein, magische Wesen zu sehen. Zumindest, wenn der Anhänger das tat, was der Hexer behauptete.

»Immer noch nichts?«, fragte er.

Sie legte den Kopf zur Seite. »Ich sehe Bäume und Sträucher und Steine und Matsch.« Lea zuckte mit den Schultern. »Wie immer eben.«

***

»Du, ich will jetzt aber zurück. Ich hab Hunger und ich muss endlich anfangen, das Haus auf Vordermann zu bringen, damit ich wenigstens noch ein bisschen Zeit für meinen Designkunden habe.« Lea musste zugeben, dass sie sein völlig enttäuschter Gesichtsausdruck traf und hätte gerne etwas gesagt, um ihn aufzumuntern.

»Außerdem glaube ich dir ja, dass der Wald magisch ist«, setzte sie deshalb hinzu. »Er hat mich sogar schon inspiriert.«

Ein kleines Lächeln schlich sich auf sein Gesicht. »Ehrlich?«

»Klar.« Sie überlegte, wie sie ihn ablenken könnte. »Übrigens sollten wir dir dringend etwas anderes zum Anziehen besorgen. Schließlich muss ich die Klamotten von meinem Chef noch waschen, bevor er wiederkommt.«

»Wieso?«

Lea wollte gerade anmerken, dass sie ja ganz nass und schmutzig waren, schließlich war er damit eben noch durch den Fluss gewatet, aber zu ihrer Überraschung war die Hose knochentrocken und völlig sauber.

Wie war das möglich?

Ihr Herzschlag beschleunigte sich und sie suchte nach einer anderen Begründung. »Na ja, du schwitzt ja sicher auch und so. Da werden sie nach ein paar Tagen sicher nicht mehr duften wie der junge Frühling.«

Plötzlich begannen seine Augen zu funkeln. »Duften. Das ist es!«

Jetzt war Lea erst recht verwirrt. »Was meinst du?«

»Na, du riechst eben nach Mensch.«

»Soll vorkommen.«

»Nein, ich meine, Feen können den Geruch von Menschen nicht ausstehen. Der sticht ihnen in der Nase.«

»Du meinst, wir stinken?«

»Ja!«

»Danke auch.«

»Nein, ich meine, ja, ich meine … nicht die Menschen selber stinken, aber sie besprühen sich gerne mit künstlichen Gerüchen und die haben meistens ein metallisches Stechen an sich. Mir ist es schon gar nicht mehr aufgefallen, aber für die empfindliche Nase einer Fee musst du riechen wie … wie …«

»Ein Misthaufen?«

»Nein, Mist ist ja natürlich.«

Lea verdrehte die Augen. »Müffeln meinst du auf jeden Fall. Tut mir leid, aber dagegen kann ich nichts machen, außer duschen, das hab ich sowieso dringend nötig.«

»Wenn du dich wieder mit denselben Mittelchen wäschst, bringt das ja nichts. Aber ich könnte da Abhilfe schaffen.«

Sie hob nicht gerade begeistert die Augenbrauen. Was beim Barte des fliegenden Spaghettimonsters hatte er jetzt wieder vor? Um ehrlich zu sein, wollte sie es gar nicht so ganz genau wissen. »Pass auf«, sagte sie. »Ich hab mich an unsere Verabredung gehalten, ich hab mir diesen Voodookram um den Hals gehängt und mich dreimal umgeschaut und jetzt geh ich wieder zur Hütte, okay? Du bist nett, ein bisschen verrückt, aber echt nett und wenn du heute Abend oder morgen noch einmal vorbeikommen möchtest, dann freue ich mich. Himmel, wenn du mir helfen willst, das Haus aufzuräumen, sag ich auch nicht nein. Aber ich hab jetzt ehrlich keine Lust mehr auf diese magischen Spielchen.«

»Wenn ich dir helfe, schon? Wenn ich dir mit deinem Wasserproblem helfe und mit der Hütte, dann gibst du mir noch eine Chance?«

Sie seufzte und nickte schließlich. »Ja. Ja, okay, dann kannst du noch einmal versuchen, mich zu überzeugen. Aber keine komischen okkulten Feiern oder so. Ich setz mir kein Hirschgeweih auf den Kopf und laufe auch nicht nackt über glühende Kohlen oder so.«

»Brauchst du ganz sicher nicht, nur die Kette musst du anbehalten, das ist alles.«

Sie verschränkte die Arme und hatte plötzlich eine Idee. »Einverstanden. Wenn du mich ein paar vernünftige Klamotten für dich kaufen lässt.«

»Stoff?«

»Meinetwegen auch Latex, wenn dir das besser gefällt.«

»Was ist das?«

»Eine Art Plastik.«

»Dann kein Latex. Und ich gehe nicht ins Dorf.«

»Musst du wohl, sonst passen die Sachen nachher nicht. Außerdem klingt das für mich nach einem fairen Tausch. Ich musste mich durch den Wald schlagen und auf deine Zauberkunststückchen einlassen. Jetzt musst du dafür die Wunder der modernen Welt kennenlernen.« Lea grinste ihn herausfordernd an.

Er dachte einen langen Moment nach, dann nickte er. »Einverstanden.«

»Gut, dann rann an die Bouletten.« Lea drehte sich herum und hielt zielsicher auf ihre nächste Wegmarkierung zu.

»Hey, was sind Bouletten?«, rief er und eilte hinter ihr her.

***

Lea kam mit dem Kopf wieder aus dem Badezimmerschränkchen heraus und schnappte ihren Zettel von der Ablage.

Toilettenpapier, kritzelte sie in schnellen Buchstaben als nächsten Punkt darauf, während sie nach draußen marschierte. Ihre Liste wurde immer länger.

Nicht nur ein Fensterladenhalter war so gut wie ausgerissen, sondern auch die Scharniere der meisten Türen quietschten. Außerdem brauchte sie dringend etwas Haltbares zum Essen.

Die Blümchenpolster auf den Stühlen würde sie fürs Erste doch an ihrem Platz lassen, aber dann fehlten immer noch so weltliche Dinge wie Handseife und Zahnpasta, um ihrem Chef und seiner Frau für ihren Urlaub einen möglichst freundlichen Empfang zu bereiten.

»Was fehlt noch?«, fragte Fynn.

»Oh, wenn du ganz besonders große Lust hast, darfst du dich gerne am Fußboden austoben.«

Als er sich verwirrt am Hinterkopf kratzte, fügte sie hinzu. »Kehren und feucht wischen, meine ich.« Sie grinste schief. Böden wischen – oder schlimmer noch saugen – war ihre absolute Hassarbeit.

Aber Fynn nickte einfach.

Auch gut, dann würde sie noch einmal draußen nach dem Rechten sehen.

Zum Glück schien es keine sichtbaren Schäden an der Hütte selbst zu geben, also musste sie wenigstens keine Handwerker bestellen. Deshalb blieb das größte Problem wohl die gerissene Zisterne. Die sah im Augenblick zwar ziemlich gut aus. Aber Fynn bestand darauf, dass es nur eine temporäre Lösung sein konnte.

Lea sah sich das Problem genauer an.

Der Riss war immer noch da und der Behälter ein gutes Stück gefüllt. Trotzdem trat kein Wasser aus, und sie konnte einfach nicht entdecken, womit er den Sprühregen gestoppt hatte.

Wenn sie ganz genau hinsah, dann konnte sie ein leises Flimmern oder Glitzern sehen. Etwa wie taubehangene Spinnennetze, die in der Morgensonne schillerten. Aber die konnten ganz sicher nicht so einem Druck standhalten.

Da kam Fynn gerade aus der Hütte heraus.

»Wie hast du das gemacht?«, wollte sie wissen.

Er legte den Kopf zur Seite und klang ein wenig enttäuscht. »Kannst du es nicht sehen?«

»Meinst du das Schimmern da? Es sieht aus wie eine Art von Klebstoff.«

»Das ist ein sehr gutes Zeichen. Das heißt, dein Talisman wirkt.« Er lächelte. »Ich erkläre es dir, wenn wir bei den Feen waren.«

Sie verkniff sich ein Augenrollen. »Okay, dann helf ich dir noch schnell beim Putzen und danach können wir ins Dorf.«

»Ich bin fertig.«

»Ja, sicher.«

»Nein, wirklich.«

Lea ging nach drinnen und stellte überrascht fest, dass der Boden sauber war. Sogar die Küchenzeile, Tisch und Bänke schien er abgewischt zu haben.

»Wie hast du ...«

»Magie.«

Sie sah ihn aus schmalen Augen an. »Was krieg ich eigentlich, wenn du mich nur veräppelst?«

»Dann verschwinde ich und du musst dich nie wieder mit mir herumschlagen.«

Dummerweise wirkte diese Aussicht längst nicht so erstrebenswert, wie sie vielleicht sollte.

Lea prüfte noch einmal, ob ihre Liste auch in der Hosentasche steckte, schnappte sich ihr Handy und gemeinsam machten sie sich auf den Weg ins Dorf.

Kapitel 12

Lichtgrüne Wiesen breiteten sich vor ihm aus, Wolkenschatten auf sattgrünen Bergwäldern, die sich von links und rechts in das Tal schoben. In ihrer Mitte lagen in Blassbraun und Rauchgrau die Dächer unzähliger, winziger Häuser, die sich an ein graues Band reihten, aufgelockert nur durch vereinzelte, spitze Türme.

Ein verwunschenes Dorf in einem wundersamen Wald und Fynn musste zugeben, dass es gemütlich aussah, wie die winzigen Strukturen sich zwischen die Berge kuschelten und an die Steigungen schmiegten.

Vielleicht war doch nicht alles, was von Menschen geschaffen war, so schlecht, wie er vermutet hatte.

Sobald sie auf den Kiesweg traten, blies eine Windböe ihnen in den Rücken und trieb sie spielerisch den Berg hinunter.

Als der Weg in eine geteerte Straße mündete, machte Fynn einen Schritt zur Seite, grub seine Zehen in die vertraute Struktur der Wiese und dehnte seine Sinne ins Tal hinunter. Aber da war nicht viel, das er spüren konnte. Nur unterschiedlichster Stein, an dem sich das Wasser rieb und verschiedene Rohre. Keins von beidem konnte seine Sinne durchdringen. An einer Stelle sickerte Flüssigkeit durch einen Riss in den Untergrund. Sie war scharf und doch gleichzeitig süßlich, bitter und ätzend, es war eine Mischung aus Urin und etwas, das dem Geruch nicht unähnlich war, den Lea auf ihrem Körper trug.

»Was ist, willst du kneifen?«, fragte Lea herausfordernd.

Er warf einen Blick auf seine Füße, dann auf den Fluss aus Teer und das Dorf unter ihnen.

»Und du meinst, es ist schön dort?«

»Malerisch.« Sie nickte. »Bunt und voller Leben. Außerdem gibt es fast keine Mücken und du kannst dir an jeder Straßenecke etwas zu Essen kaufen.«

»Es wachsen Beeren und Pilze im Dorf?«

»Nein, aber wenn wir Glück haben Pizza und Eiscreme.« Sie grinste. »Na, komm.«

Mit einem zögerlichen Blick auf die ersten Häuser setzte er sich in Bewegung. Er hatte den Wald und damit den Schutz der großen Herrin noch nie verlassen. Vielleicht war er das ein oder andere Mal den Bach entlang gesprungen, der nun neben ihnen dahinplätscherte, aber er war nie aus der Sicherheit des Wassers herausgetreten.

»Ich denke, als Erstes brauchst du ein Paar Schuhe«, sagte Lea und deutete auf seine bloßen Füße.

»Wieso das denn?«

»Na, weil du sonst in Scherben treten könntest«

»Das heißt, ihr wohnt freiwillig zwischen Schmutz und Scherben?«

»Natürlich nicht. Aber man kann auch nicht alle naselang eine Kehrmannschaft durch die Stadt jagen. Und für so eine Scherbe muss ja nur einem Baby das Fläschchen runterfallen.« Sie zuckte mit den Schultern. »Außerdem sind Schuhe bequemer als die harte Straße.«

»Ihr baut also unbequeme Straßen, um nachher eure Füße davor zu schützen.«

»Die Straßen sind eigentlich für die Autos. Wenn du kein Fortbewegungsmittel hast, gehst du auf dem Bürgersteig daneben.«

»Neben den unbequemen Straßen baut ihr noch einmal unbequeme Wege für die Menschen? Und wozu das?« Fynn war völlig verwirrt und auch Lea musste einen Moment nachdenken, bevor sie antwortete.

»Wahrscheinlich, damit die Schuhe nicht schmutzig werden.«

»Die ihr anzieht, damit die Straße nicht so unbequem ist?«

»Immerhin kann man auf glatten Straßen auch einfacher laufen als auf hubbeligen Pfaden.«

»Dadurch wird das Gehen doch erst interessant.«

»Aber auch anstrengender.«

Fynn schüttelte den Kopf. Merkwürdige Gestalten, diese Menschen.

Dabei hatten sie früher doch auch in den Wäldern gelebt und waren glücklich gewesen. Zumindest hatte die Herrin des Waldes ihm das erzählt. Ob das jemals wieder so sein würde?

Die ersten Häuser ragten links und rechts neben ihnen auf. Seltsame Formen, ungewohnte Farben und zu viele glatte Oberflächen ließen die Gemütlichkeit, die das Dörfchen von oben ausgestrahlt hatte, schnell wieder verschwinden. Blumen waren in Kästen gesperrt und Bäume von niedrigen Mauern in Erdinseln gepfercht. Das alles gab ihm das Gefühl, selber gefangen und eingeengt zu sein.

Er sehnte sich schon jetzt nach den offenen Weiten zwischen den Bergen zurück und spürte eine ungekannte Müdigkeit, die sich in seine Glieder schlich und langsam stärker wurde.

* * *

Die Innenstadt war mit rötlichen und grauen Steinen gepflastert, die Häuser, sattgelb, blassrosa oder cremefarben gestrichen, säumten den Weg. Sie waren mit schweren Blumenkästen voller violetter Geranien geschmückt, besaßen schlichte, blassgrüne Läden oder stuckverzierte Fensterrahmen, die einen heimeligen Charme versprühten.

Lea hatte dieses kleine Dorf schon geliebt, als das Taxi vom Bahnhof sie hier abgesetzt hatte. Es war der Inbegriff eines idyllischen Bergdorfs und so malerisch, dass es einfach auf eine Postkarte gehörte.

Sie fragte sich, wie Fynn das alles wohl wahrnahm, der ja angeblich noch nie in einer Stadt gewesen war. Und seine weit geöffneten Augen schienen das zu bestätigen.

»Da drüben gibt es Anziehsachen«, sie deutete auf einen kleinen Laden.

Fynn sah sie fragend an. Und irgendwie war es verrückt, ihn neu einzukleiden. Aber erstens hatte sie immer noch das Gefühl, als würde sie ihm etwas schulden, zweitens brauchte sie irgendwann die Klamotten ihres Chefs zurück, um sie zu waschen und drittens … na ja, sie konnte ihn ja schlecht nackt herumlaufen lassen … oder?

»Ich hab doch gesagt, du brauchst andere Klamotten.« Sie zwinkerte.

Begeisterung sah anders aus. Trotzdem folgte er ihr nach drinnen.

Sie betraten den Laden und es war schnell klar, dass die Auswahl sehr begrenzt war. Eine Kleidershow konnte sie sich also abschminken.

»Haben Sie Herren-Jeans?«, fragte Lea die pummlige Verkäuferin mit quietschpinkem Bob. Daraufhin hielt die junge Frau ihr ein ausgewaschenes Exemplar unter die Nase. Lea war schwer beeindruckt, als Fynn aus der Kabine kam und das Ding wie angegossen passte. Bei näherem Hinsehen stellte sie aber fest, dass es schlichtweg die *einzige* Jeans im ganzen Laden war.

Für das T-Shirt durfte er dreimal probieren und entschied sich für ein dunkelblaues, das laut Verkäuferin die Farbe seiner Augen unheimlich schön zur Geltung brachte.

Lea hätte im Leben nicht zugegeben, dass sie der pummligen Dame recht geben musste.

Als sie bezahlt hatte, durfte er beides gleich anbehalten und sie gingen wieder nach draußen.

»So, jetzt fehlen noch ein paar Schuhe«, sagte Lea und suchte nach einem entsprechenden Geschäft.

»Nein danke.« Fynn wirkte ein bisschen blass um die Nase.

»Jetzt komm schon. So schlimm ist das nicht. Natürlich brauchst du Schuhe.«

»Diese Kleidung ist schon eng genug. Ich sperre nicht auch noch meine Füße ein.«

»Und was, wenn du auf eine Scherbe trittst?«

»Ich passe einfach auf, wo ich hintrete.«

Da kamen sie an einem kleinen Kiosk vorbei. »Ha!«, rief Lea und hielt ihm ein Paar sonnengelbe Flip-Flops entgegen. »Hier wird nichts eingesperrt und deine Sohlen werden geschont.«

Fynn betrachtete die beiden Plastiklatschen misstrauisch, während Lea bezahlte und die Gelegenheit nutzte, um schnell eine Postkarte an ihre Schwester zu schreiben.

Liebstes Hasi,
das Wetter ist toll, ich liege den ganzen Tag am Strand und sonne mich prächtig. Schöne Grüße von den Pyramiden, dein Schnuffel.

Das war genau nach Bibis Humor. Sie gab die Karte bei dem Ladenbesitzer ab und drehte sich zu Fynn um, der sich mittlerweile in seine neuen *Schuhe* gequält hatte.

Als sie weitergingen flipfloppte er unglücklich neben ihr die Straße hinunter.

»Was schaust du denn so?«, fragte sie schließlich.

»Ich fühle mich blind.«

»Schau mich mal an.«

Fynn sah auf.

»Also, für mich sehen deine Augen ziemlich super aus.« Sie lächelte verlegen. Das hätte sie wohl nicht sagen sollen. Aber ihm schien es gar nicht besonders aufzufallen.

»Ich rede doch von meinen Füßen. Ich hab überhaupt kein Gefühl für den Boden, weil ich immer nur auf dasselbe Stückchen Plastik trete. Wie hältst du das nur aus?«

»Gewohnheit, schätze ich.«

Da entdeckte sie einen kleinen Laden mit dem Schriftzug *Baumarkt* über dem Eingang. Er lag versteckt in einer Seitengasse und war höchstens so groß wie ein Schuhkarton.

Aber immerhin gab es Rasenmäher, Schrauben in den verschiedensten Größen und Kettensägen im Schaufenster.

»Noch ein Laden?«

»Du wirst doch jetzt nicht schon schlappmachen, oder?« Lea knuffte ihn spielerisch in die Seite. »Aber du kannst gerne hier draußen warten, ich bin gleich wieder da.« Sie lächelte Fynn aufmunternd zu und er ließ sich auf einen nahegelegenen Blumenkübel fallen.

Lea ging schnell nach drinnen. Der junge Mann hinter der Theke hätte gut in eine Mädchenzeitschrift gepasst. Er wippte immer wieder gekonnt mit dem Kopf, um seinen Pottschnitt-Pony aus der Stirn zu werfen. Natürlich nur, damit ihm die Haare gleich wieder cool in die Augen fielen.

Sie hatte ihm gerade ihr Problem unterbreitet, da läutete die kleine Klingel über der Tür und ein rundlicher Herr mit grauem Haarkranz kam herein.

Er nickte ihr zu und stellte sich hinter sie, während er sie neugierig beobachtete.

Lea wandte sich wieder an den jungen Mann und fragte, ob man gegen den Riss irgendetwas machen könnte.

»Das kommt ganz drauf an, aus welchem Material die Zisterne genau besteht.«

Lea schob ihm den Zettel hin, auf dem sie den Hersteller notiert hatte, sowie alle anderen Daten, die sie auf dem großen Behälter hatte finden können.

»Einen Moment bitte, ich seh mal im Internet nach«, sagte er und damit verschwand er auch schon hinter einem Bambusvorhang, auf dem ein Orchideenmuster und die verblassten Überreste einer Geisha hin- und herwippten. Lea konnte nicht anders, als ihn ein bisschen zu beneiden, um das Internet natürlich.

»Sind Sie nicht die junge Frau, die erst gestern hier durchgekommen ist und nach der Hütte im Wald gefragt hat?«

Lea sah den kleinen Mann hinter sich aufmerksam an. »Kennen wir uns?«, fragte sie.

»Ich sehe, Sie wollen eine Zisterne reparieren?« Er nickte in Richtung der wippenden Geisha. »Da haben Sie sich ja einiges vorgenommen. Aber natürlich haben Sie einen enormen Vorteil, wenn es funktioniert. Die meisten Waldhütten in dieser Gegend haben nicht mal eine Toilette, geschweige denn Duschmöglichkeiten. Da sind Sie sicher froh, über so einen Luxus, was?«

Sehr gesprächiger Kerl. Irgendetwas kam ihr an dem Mann bekannt vor. »Na ja, trotzdem muss so ein Fass ja erst mal ganz sein und vor allen Dingen voll, damit man es benutzen kann.« Sie versuchte ein höfliches Lächeln. Hatte sie ihn tatsächlich gestern schon einmal gesehen?

Oder war in dem kleinen Ort nur so wenig los, dass sich das Erscheinen einer jungen Frau auf dem Weg in den Wald rasend schnell herumsprach?

Auf jeden Fall hatte sie ein seltsames Gefühl im Bauch, während er weitersprach: »Regen hatten wir in den vergangenen Wochen ja genug. Sagen Sie, wo leiten Sie denn das Abwasser hin? Ist das nicht ein großes Problem so mitten im Wald?«

Was ging ihn denn ihr Abwasser an?

Aber zum Glück kam da auch schon der junge Mann wieder durch die Geisha. »Ich hab das Modell gefunden und ich kann Ihnen gerne erklären, wie Sie es schweißen können.«

»Man kann Plastik schweißen?«

»Kleben geht auf jeden Fall nicht, aber heiß machen und zusammenpappen funktioniert.«

»Es wäre nett, wenn Sie mir das zeigen könnten. Aber das dauert sicher einen Augenblick. Vielleicht bedienen Sie zuerst diesen Herrn hier.«

Der rundliche Mann wirkte ein bisschen überrumpelt. »Äh … ich bräuchte eigentlich nur ein paar Nägel«, sagte er und zog sein Portemonnaie hervor.

Der Kassierer nannte einen krummen Preis und Herr Viel-zu-Freundlich zog eine goldene Brille aus seiner Hemdtasche, um das Kleingeld abzuzählen.

Als er den Laden mit einem Klingeln wieder verlassen hatte, schleuderte sich der junge Mann zum hundertsten Mal den Pony aus den Augen und begann zu erklären.

Auf jeden Fall müsse sie den Riss schweißen, nicht kleben und am besten vorher an ein paar Rohren oder so üben. Er legte ihr etwas Verschnittmaterial auf die Theke, samt PE-Schweißdraht. Den Heißluftföhn durfte sie sich borgen, weil sie den ja sicher nicht so schnell wieder gebrauchen würde.

Aber das fühlte sich nicht richtig an. Außerdem hätte ihr Chef vielleicht später noch Verwendung dafür. Also bestand sie darauf, ihn zu bezahlen, ließ sich einfach eine Quittung ausstellen und ging nach draußen.

Fynn hockte zusammengesunken immer noch auf seinem Blumenkübel, als sie wieder nach draußen kam. Er sprang sofort auf und schwankte ein bisschen, war aber offensichtlich sehr erleichtert, sie zu sehen.

»Hast du den seltsamen Typen gesehen, der da eben rausgekommen ist?«, fragte Lea.

»Welchen?«

»Untersetzt, klein, mit Brille.« Plötzlich machte es *Klick*. Hatte ihr Chef nicht gesagt, sie sollte sich vor genau so einem Mann in Acht nehmen?

Rasend schnell ging sie die Unterhaltung noch einmal durch.

Eigentlich hatte sie nichts Schlimmes gesagt, oder?

Nichts, woraus man ihr einen Strick drehen könnte. Nur von der Zisterne wusste er jetzt wahrscheinlich. Aber so ein dickes Fass würde wohl nichts Verbotenes sein.

»Der ist aber schon länger weg«, sagte Fynn. Er folgte ihr die Straße hinunter. »Wohin jetzt?«

»Ich weiß ja nicht, wie es dir geht, aber ich habe Hunger.«

»Stimmt, du hattest gesagt, dass es hier an jeder Ecke etwas gibt. Ich habe aber noch nichts gesehen.«

»Wir finden schon etwas.« Da fiel ihr plötzlich auf, was fehlte. Es waren überhaupt keine Flip-Flops mehr zu hören. »Wo sind denn deine Schuhe?«, fragte sie verblüfft.

»Die hab ich einem kleinen Mädchen geschenkt. Sie gefielen ihr so gut.«

»Aha«, sagte Lea und schüttelte amüsiert den Kopf.

Als sie um die nächste Ecke bogen, entdeckte sie etwas, womit sie hier im Leben nicht gerechnet hätte. Einen kleinen Laden mit Pizza zum Mitnehmen. Ihr lief sofort das Wasser im Mund zusammen und sie bestellte zwei große Stücke: eins mit Salami und eine Margherita. Aber als sie Fynn die Pizza hinhielt, verzog der nur angewidert das Gesicht.

»Was denn, schlimmer als Maden ist das bestimmt nicht.«

»Es riecht seltsam«, stellte er fest.

»Ach, so ein Unsinn, das schmeckt absolut himmlisch.« Sie hielt es ihm unter die Nase, aber er zuckte weg.

»Was ist los? Du siehst nicht gut aus. Ich glaub, ein bisschen Essen würde dir guttun.«

»Nur, wenn du nächstes Mal die Maden probierst«, sagte er, mit einem nur halb verwegenen Grinsen.

Lea wägte diesen Vorschlag gründlich ab, entschied sich aber schlussendlich dagegen. Sie war überhaupt nicht böse über das zweite Stück, denn immerhin hatte sie seit gestern Abend nichts Vernünftiges mehr gegessen.

Auf der Suche nach einem Supermarkt oder etwas Ähnlichem schlenderten sie weiter. Vor einem kleinen Teeladen blieb Lea stehen und bewunderte die Auslage. Hier gab es einfach alles. Von Halbedelsteinen über Postkarten bis hin zu Kräutern und bunt gefüllten kleinen Fläschchen.

Sie wollte sich gerade das letzte Stück Pizza in den Mund schieben und weitergehen, als es ihr vor Schreck fast aus der Hand gefallen wäre. Der lange, schlaksige Mann mit geflochtenem Kinnbärtchen hinter der Theke, das war doch …

»Der Hexer«, zischte Lea.

Aber Fynn reagierte gar nicht richtig.

Er sah aus, als würde er gleich umkippen.

»Können wir zurückgehen?«, fragte er.

Lea schaute ihn besorgt an. Fynn war schon die ganze Zeit irgendwie tranig. »Sicher. Was ist denn los? Ist dir nicht gut?«

»Ich weiß nicht, ich fühle mich so müde. Ich war lange kein Mensch.« Er fasste sich an die Stirn.

Vermutlich meinte er, dass er lange nicht mehr unter Menschen gewesen war. Kein Wunder, so etwas strengte an.

Aber sie hatte auch keine Lust, gleich morgen wieder hier runter zu müssen. »Ich husch' nur schnell in den Laden da drüben und besorg mir etwas Brot und Aufschnitt, dann bring ich dich nach Hause, okay?«

Er nickte abwesend. Sie setzte ihn auf einer Bank ab und war so schnell sie konnte wieder zurück. Dann half sie ihm auf die Beine und führte ihn zum Wald.

Vielleicht war das Einbildung, aber auf dem letzten Stück schien es ihm schon langsam besser zu gehen.

Gut sah er allerdings immer noch nicht aus.

Als sie endlich wieder bei der Hütte ankamen, hätte sie ihn am liebsten ins Bett gelegt, aber daran schien er nicht einmal zu denken.

Kapitel 13

Für einen Augenblick überlegte er, sich einfach fallen zu lassen, flüssig zu werden und ins Grundwasser überzugehen, so schlecht ging es ihm. Aber als er merkte, dass das gar nicht ging, gefror ihm das Blut in den Adern.

Er musste all seine Willenskraft aufbringen, um nicht in Panik auszubrechen. Zum Glück fühlte er sich gleich besser, als er den ersten Fuß auf die Wiese am Fuße des Waldes setzte. Schon der erste Kontakt zum Grundwasser ließ die Luft wieder leichter durch seine Lungen strömen und vertrieb die kalte Panik aus seinen Gliedern.

Das Rauschen der Bäume und der würzige Duft nach Erde, Harz und Holz hießen ihn willkommen und legten beruhigende Arme um seine Schultern.

Lea stützte ihn den ganzen Weg bis zur Hütte und hätte ihn wohl auch nach drinnen befördert, wenn er sie gelassen hätte. Aber nichts lag ihm ferner, als sofort wieder zwischen engen Wänden und totem Holz gefangen zu sein.

»Willst du nicht reinkommen?«, fragte sie.

Er versuchte ein Lächeln. »Nein, ich muss erst mal etwas Vernünftiges essen, denke ich.« Und dringend zurück zu seiner Quelle, aber das sprach er natürlich nicht laut aus.

»Maden?«, fragte sie und lächelte schief, dabei fiel ihr eine Locke in die Stirn.

»Vielleicht.« Er wollte schon seine Hand heben und die kleine braune Ranke hinter ihr Ohr streifen, aber er erinnerte sich nur zu gut, was letztes Mal geschehen war.

In Gedanken versunken starrte er auf das glänzende Braun. Was, wenn er es tatsächlich wiederholte?

»Was ist los?«, fragte sie und holte ihn damit in die Gegenwart zurück. Er war zu schwach, er musste ins Wasser.

»Nichts, ich … wir sehen uns später. Vergiss nicht, was du mir versprochen hast.«

Sie rollte mit den Augen, aber lächelte dabei. »Sicher nicht.«

Damit nickte er ihr zu und verschwand, so schnell er konnte, zwischen den Bäumen.

Das fiel ihm in seinem geschwächten Zustand gar nicht leicht. Er überlegte, woher dieser Anfall kommen konnte.

Ja, er hatte es bereits vor ihrem Ausflug ins Dorf gespürt, aber da war es nur ein leises Zupfen gewesen.

Das hier war wesentlich heftiger, es hatte ihn fast umgehauen.

Wahrscheinlich lag es also einfach nur an der Zeit, die vergangen war, schließlich war er schon seit gestern nicht mehr an seiner Quelle gewesen.

Aber seit der Hütte wurde es nicht mehr besser, obwohl er dem Wasser näherkam.

Seit er Lea an der Hütte zurückgelassen hatte, wuchs etwas Anderes in ihm. Ein anderer Sog, etwas, das ihn zu Lea zurückzuziehen schien. Fast wie eine magische Anziehung.

Mühsam schleppte er sich den Fels empor. Der Stein fühlte sich kühl an unter seinen Füßen. Ein alter Freund, der ihn willkommen hieß. Die Quelle plätscherte in der Ferne, wurde langsam lauter, gurgelte vor Freude, als sie seine Gegenwart spürte. Und als die ersten Wasserspritzer seine Haut benetzten, streifte er, so schnell er konnte, die neuen Kleider ab und floss auseinander.

Durchsichtig, kühl und nass tropfte er auf den Felsen, sickerte in die Spalten, rann zwischen den Furchen hindurch, ergoss sich in das silbrig, glitzernde Springen der Quelle und trank den frischen Saft des Lebens in sich ein.

Er war zu Hause, er war flüssig, er war ganz – er war für immer.

* * *

Lea saß vor der Hütte. Sie hatte sich einen Baumstumpf, den ihr Chef offensichtlich zum Holzhacken benutzte, aus dem Schuppen mit dem Generator geholt. Beziehungsweise, erst hatte sie ihn gewuchtet, dann geschoben und schließlich mühevoll gerollt.

Jetzt hockte sie oben drauf, nur um festzustellen, dass das Kabel des Heißluftföhns zu kurz war, um bis nach draußen zu reichen.

Also ging sie nach drinnen, riss sämtliche Fenster auf und probierte sich zur Übung an ihren ersten Schweißnähten am Verschnittmaterial.

Das hatte Mister Pottschnitt ihr empfohlen.

Zuerst sollte sie Übungsschweißnähte auftragen. Wenn sie die mit der Zange nicht abreißen konnte, zwei Rohre zusammenschweißen. Und wenn sie die nicht auseinanderbrechen konnte, die eigentliche Naht an der Zisterne anbringen.

Tatsächlich ging das Ganze einfacher als erwartet. Gut, das Ergebnis sah nicht gerade hübsch aus, aber es schien immerhin zu halten.

Als sie mit ihrer Rohrzusammenschweißtechnik zufrieden war, ging sie zur Zisterne und betrachtete den Riss.

Es trat immer noch kein Wasser aus und die Stelle schimmerte, als wäre die Haut einer Seifenblase darüber gespannt.

War das bunte Glimmern stärker geworden?

Lea streckte ihre Finger aus und legte sie auf den kaum sichtbaren Spalt. Was hatte Fynn nur damit gemacht?

Und konnte sie einfach darüber schweißen?

Als sie mit dem Daumen über das bunte Schillern fuhr, kitzelte es irgendwie unter der Haut. Ihre Finger glitten noch einmal darüber und wieder spürte sie das Kribbeln. Es fühlte sich ein bisschen so an, wie bei ihrem ersten Händedruck mit Fynn und dem winzigen Funkenflug.

Sie konnte nicht anders, als noch ein weiteres Mal über die schwach glitzernde Stelle zu fahren, um das Prickeln unter ihren Fingerspitzen zu spüren.

»Kannst du es fühlen?«, fragte eine ruhige Stimme hinter ihr.

Leas Herz sprang ihr fast aus der Brust und sie drehte sich herum. »Fynn.«

Er lächelte und dabei sah er wesentlich besser aus, als noch vor ein paar Minuten. Gesund, stark, mit einem verwegenen Ausdruck in den Augen. Und die enge Jeans samt T-Shirt sahen zum Niederknien aus.

Selbst seine Füße waren sauber. Wie machte er das nur? Er lief den ganzen Tag über Laub und Nadeln und Waldboden, sah aber aus, wie frisch aus der Dusche gesprungen.

»Und? Kannst du es fühlen?«, fragte er noch einmal.

Sie wandte sich zurück und betrachtete das schillernde Wunder. »Ein kleines bisschen, es kitzelt irgendwie.«

»Das ist Magie.«

Sie versuchte gar nicht erst, dagegen zu argumentieren. »Ich nehme nicht an, dass ich einfach drüber schweißen kann, oder?«

»Natürlich kannst du, aber zuerst möchte ich, dass du dein Versprechen einlöst.«

Lea seufzte. Allerdings musste sie sowieso noch ein Verlängerungskabel im Dorf besorgen, bevor sie ihre Schweißkünste am lebenden Objekt ausprobieren konnte.

»Also gut, packen wir es an.«

Ein Lächeln huschte über sein Gesicht. Ein fröhliches, offenes Lächeln, dass sie all die kleinen Merkwürdigkeiten vergessen ließ und den freundlichen jungen Mann in den Vordergrund rückte, der ihr bisher immer so hilfsbereit zur Seite gestanden hatte, ohne eine nennenswerte Gegenleistung zu verlangen.

Ein warmes Summen breitete sich in ihrer Brust aus, als er ihr die Arme entgegenstreckte. »Gib mir deine Hände.«

Bibi würde sie wahrscheinlich für verrückt erklären. Nein, sie würde ihr den Marsch blasen, sie nach Hause schicken und es dann selber ausprobieren. Lea musste grinsen.

Außerdem war da dieses winzige Stimmchen, das ihr immer wieder zuflüsterte *alles ist möglich*.

Und wenn nicht? Was hatte sie zu verlieren?

Kapitel 14

»Schließ die Augen«, sagte Fynn.

»Wieso?«, fragte sie und legte den Kopf neugierig zur Seite.

»Tu's einfach.«

Sie gehorchte und legte ihre Hände in seine. Sofort wurde die Form seiner Finger durchsichtig und löste sich auf. Ein dünner Film aus Eiswasser legte sich über ihre Handrücken und breitete sich langsam nach oben aus.

»Was ist das?«, flüsterte sie und eine Gänsehaut zog sich über ihren gesamten Körper. Sie hielt die Augen geschlossen und er war sich sicher, dass sie die Antwort kannte, ohne dass er sie geben musste.

Er hätte ihr auch nicht antworten können, wenn er gewollt hätte. Denn seine Verwandlung war zu weit fortgeschritten, ein Mann aus purem Kristallwasser stand vor ihr und plätscherte leise zu ihrer Beruhigung. Er kroch ihre Arme hinauf, wanderte über ihren Hals, bedeckte ihre zarten Lippen und die Augen, floss ihren Nacken hinunter und über den Rücken. Er fand jedes noch so kleine Fleckchen und nahm alles mit, was nicht zu ihr gehörte. Er drang durch ihre Haut nach innen und spülte altes Gift heraus, er atmete durch ihre Kleider hindurch und kehrte schließlich zu sich selbst zurück.

Dann ließ er sie los. Ein Gedanke und ein Flackern von Magie, dann fiel frische Erde von seinen Handflächen auf den Waldboden.

»Du kannst die Augen öffnen.« Sagte er, und sah sie aufmerksam an.

»Das war … das fühlte sich an wie … ich weiß auch nicht … wie hast du das gemacht?«

Er sah die Gänsehaut, die sich immer noch über ihren Nacken und bis ins Haar hinauf erstreckte.

»Das zeige ich dir später, jetzt müssen wir erst mal ein paar Feen suchen. In der Dämmerung sammeln sie sich gerne am kleinen Weiher, um zu tanzen.«

»Feen? Tanzen?«

Aber statt einer Antwort nahm er ihre Hand und zog sie lachend durch das Unterholz, zwischen Farnen, Moos und Bäumen hindurch, immer tiefer in den Wald.

***

Lea wurde von seiner guten Laune angesteckt, ein quirliges, glitzerndes Lachen sprudelte aus ihrer Brust heraus und sprang in den Wald hinein, hechtete mit ihnen zwischen den Bäumen hindurch, setzte über umgestürzte Baumstämme, hüpfte von buckligen Findlingen, stieß sich von harzigen Stämmen ab und kugelte sich über laubigen Waldboden, nur um gleich wieder aufzustehen und weiter zu rennen, mit Wind in den Haaren und Sonnenschein in den Augen.

Es gab keinen Weg, sie prägte sich keine Markierungen ein, sie spürte nur ihre Hand in seiner und ließ die Freiheit des Waldes durch ihre Seele fließen.

Ja, der Wald war schön. Trotz Mücken und Zecken und Matsch und Feuchtigkeit, er vibrierte unter ihren Schritten, sang in ihren Adern und war schöner und echter und wunderbarer als jemals irgendetwas in ihrem Leben zuvor.

Dann blieb Fynn stehen.

So plötzlich, dass sie fast in ihn hineingelaufen wäre.

»Dort«, flüsterte er.

Aber weil sie hinter ihm stand, konnte sie nichts sehen.

»Was denn?«

»Bist du denn noch immer blind?«, fragte er und klang nur halb scherzhaft.

»Nein, aber Sie stehen mir im Weg, werter Herr.« Sie kicherte und dann machte Fynn einen Schritt zur Seite.

Was Lea sah, war einfach unglaublich.

Vor ihr lag ein See, ein Weiher, um genau zu sein, klein, mit dunklem Wasser, ein moosbewachsener Baumstamm lag abgestorben darin und reckte seine schwarzen Finger in die Dämmerung. Aber zwischen all der finstersüßen Schönheit schwirrten leuchtend bunte Punkte durch die Luft.

Lea hielt den Atem an. Für einen Augenblick wollte sie sich einreden, dass es sich um Glühwürmchen handelte, kleine Insekten, nichts weiter. Aber die glühenden Funken waren viel größer und bunter, sie glitzerten in Rot und Gold und Blau und Grün, zogen kunstvolle Schleifen über der spiegelnden Wasseroberfläche und wirbelten umeinander.

»Was ist das?«, flüsterte Lea und eine ihrer Hände streckte sich ganz automatisch nach den funkelnden Juwelen.

»Feen«, sagte Fynn. Sie konnte die warme Genugtuung in seiner Stimme auf ihrer Haut vibrieren spüren.

»Aber das ist verrückt.« Hatte sie das gedacht oder laut ausgesprochen?

»Das ist Magie«, sagte Fynn selbstbewusst und Lea hielt sich gerade noch zurück, bevor sie einen Schritt nach vorne tat. Sie wollte die kleinen, zauberhaften Wesen auf keinen Fall verjagen.

»Geh ruhig hin«, sagte Fynn. »Sie sind schon ganz neugierig auf dich.«

Er legte seine Hand auf ihre Schulter und schob sie sanft vorwärts, direkt an das Ufer.

Voller Staunen beobachtete sie, wie die kleinen Wesen schimmernde Wassertropfen durch die Luft trugen, sie als glitzernde Perlen an Spinnennetze hängten und an den Rändern von Blättern verteilten.

Ihre durchscheinenden, libellenartigen Körper und Flügel glühten magisch in der Dunkelheit und brachten die gläsernen Tränen zum Funkeln.

»Sie sind wunderschön«, hauchte Lea.

Fynn stand hinter ihr. Sie konnte die Wärme seines Körpers spüren. Und die Wirklichkeit dieses Moments schlug in großen Wellen über ihr zusammen. Er war nicht verrückt. Er hatte die ganze Zeit die Wahrheit gesagt.

Kein Wunder, dass er im Wald lebte, kein Wunder, dass er niemals unter die Menschen ging. Er lebte hier, zwischen Magie und Zauber, zwischen Feen und Bäumen und war sicher glücklicher als jedes andere Wesen auf diesem Planeten.

»Sie mögen dich auch«, flüsterte er zurück und sein Atem strich über ihr Ohr, dass sich eine Gänsehaut ihren Nacken hinunterschlich.

Da schwirrte einer der leuchtenden Punkte heran und Lea hob ihre Hand, zuckte aber gleich wieder zurück, aus Angst, die winzige Fee zu erschrecken. Da legte Fynn seine Finger um ihre und drehte ihre Handfläche nach oben. Sofort schwirrte der goldene Punkt heran, zog drei große Kreise um ihr Handgelenk und setzt sich mit zitternden Flügeln auf ihre äußerste Fingerspitze.

So zart und federleicht und glühend weich. Ein leises, kaum zu spürendes Kitzeln und doch ein mächtiges, magisches Vibrieren, das ihre Seele zum Schwingen brachte.

Wenn sie ganz genau hinsah, dann konnte sie in der Mitte des glühenden Punktes einen fast schon menschlichen, durchscheinenden Körper erkennen, zwei lange Beine, zwei Arme, einen Kopf und einen winzigen glitzernden Tautropfen, der in den kleinen Händen golden schimmerte.

Lea war sprachlos. Da wippte das Wesen einmal und erhob sich mit sirrenden Flügeln in die Luft, sauste über den Teich zu seinen Brüdern und Schwestern, die sich hinter ihm einreihten. Und eine lange Kette aus bunt glitzernden Perlen huschte über das schwarz glänzende Wasser, wirbelte in einer immer breiter werdenden Spirale nach oben, stürzte dann ab und glitt auf Lea zu, drehte sich in enger werdenden Kreisen um sie herum, stob warm und leise singend durch ihr Haar, um sich dann wieder explosionsartig in der Dunkelheit zu verteilen.

»Das war ein Willkommensgruß.« Seine Stimme lächelte und sie konnte seine Schulter spüren, die ihre berührte. Ein summender, glühender Feenpunkt in der Finsternis.

»Ich finde sie zauberhaft.«

Dann spürte sie seine Hand in ihrer. Ein klares, kühles, silbriges Gefühl, das sich ihren Arm hinauf und bis in ihre Brust hinein ausbreitete.

Letztes Mal hatte er sich zurückgezogen.

Es kümmerte sie nicht. Mitten zwischen goldroten Feenpunkten und dem Singen der Nacht drehte sie sich zu ihm um, hielt seine Finger zwischen ihren fest und wollte ihn nicht mehr gehen lassen. Nie mehr.

Sein Atem ging flach und schnell, der Duft von Moos und Holz strich über ihre Wange.

»Du willst es wieder tun«, kam ein kaum hörbarer Luftzug über seine Lippen.

Sie war dumm. So dumm.

Ihr Innerstes zog sich fest zusammen.

»Was ist das?«, fragte er, ganz weich.

Aber innen fühlte sie sich hart und fremd. »Was ist was?«, fragte sie zurück und sah sich suchend um.

»Was du tun willst, meine ich. Was ist das?«

Lea schluckte, sah ihn aus großen Augen an und verstand nicht, was er wollte. »Ein Kuss?«, fragte sie unsicher. Meinte er das?

»Ein Kuss.« Das Wort kam über seine Lippen wie eine süße Melodie, leise glucksend, zärtlich rauschend.

»Du weißt nicht, was das ist?« Hoffnung glitzerte silbrig zwischen Atemzügen.

»Ich hab es ein paarmal gesehen. Was bedeutet es?«

Sie lächelte. »Es heißt, ich mag dich.«

Er legte seinen Kopf zur Seite, nur ein kleines Stück. »Ich mag dich sehr«, flüsterte er und beugte sich zu ihr nach vorne, dann berührten seine Lippen ihre. Weich und samtig, ein federleichter Kuss, eine winzige Berührung, ein summender, goldener, honigsüßer Moment.

Wie auf ein Zeichen wirbelten die Feen erneut in goldroten Kreisen um sie herum, schossen in atemberaubenden Mustern durch ihre Mitte, tanzten durch ihre Haare, lockten ein sonniges Lachen aus ihren Kehlen und drehten sich singend in die Nacht hinauf.

***

Sie lagen auf dem See. Er hatte das Wasser freundlich gebeten, sie nicht aufzunehmen, und nun lagen sie genau in der Mitte des Weihers. Sie blickten zwischen den zackig schwarzen Spitzen der Tannen in den nachtblauen Himmel und zählten die silbrig glänzenden Punkte der Sterne.

Er hatte sie geküsst.

Seine viel zu menschlichen Lippen prickelten noch immer bei der Erinnerung an die lieblich zarte Berührung und sein Herz rannte schneller als ein flüchtendes Reh durch seine Brust.

Er hatte sie geküsst.

Das heißt, *ich mag dich*.

War das möglich?

Sie war nur ein Mensch. Wassergeister und Menschen, das passte nicht zusammen. Das konnte gar nicht sein.

Nein, sie würde wieder gehen und dann war sie für immer verloren. Das Einzige, was er sich erhoffen konnte, waren noch ein paar schöne Geschichten. Nicht mehr und nicht weniger.

Hundert kleine Leben, die er immer wieder leben konnte, wenn sie erst gegangen war.

Mehr würde er von ihr nicht bekommen und mehr konnte er auch gar nicht verlangen.

Nur noch ein paar kleine Geschichten. Und wenn er Glück hatte, wenn sie wollte, wenn sie ihn wieder mochte … vielleicht sogar noch einen Kuss.

Kapitel 15

Als er sie nach langen, glitzernden Stunden der singenden Stille in ihre Hütte gebracht hatte, kehrte er zurück zu seiner Quelle. Silbern sprang sie durch das Mondlicht und summte für ihn eine kleine Weise.

Er setzte sich an das Ufer und war schon bereit, sich aufzulösen. Da wuchs die Herrin des Waldes neben ihm aus dem Boden.

»Eine aufregende Nacht«, sagte sie mit ruhiger Stimme, weich und rund hallte sie durch die gläserne Stille der Dunkelheit.

Ihr langes, schwarzes Haar, das bis auf den feucht glänzenden Boden fiel, glänzte im weißen Schimmer des Mondes.

Sein Innerstes schien sich bei ihrer Gegenwart in Würmer zu verwandeln, die sich in Knoten umeinanderwanden.

»Ein ganz gewöhnlicher Feentanz, Herrin«, versuchte er in ebenso gleichmäßiger Stimme zu antworten. Aber sein Tonfall sprach von der Aufregung in seiner Brust.

»Nun kommen dir die Lügen schon genauso leicht über die Lippen wie den Menschen. Hast du dich ihnen bereits so sehr verschrieben?«

»Ich sammle nur Geschichten, Herrin, nichts weiter. Geschichten, die uns helfen zu verstehen.«

Ihr Blick wanderte über das Tal.

»Um deine Neugier zu befriedigen. Gib es zu. Aber damit könnte ich leben. Denn alles andere wäre nur dumm, nicht wahr?«

Fynn schluckte und schwieg, denn er wusste nicht, was er hätte sagen können – wusste nicht, was wahr gewesen wäre.

»Du kannst doch nicht etwas für jemanden empfinden, der niemals in der Lage sein wird, deinen wahren Namen auszusprechen.«

»Sicher nicht, Herrin«, sagte er und neigte leicht den Kopf in einer respektvollen Verbeugung. Aber selbst ihm kamen seine Worte zu schnell gesprochen vor.

»Bedenke stets die Folgen deines Handelns. Ich würde dich ungern verlieren, schon gar nicht an ein Menschenkind.« Sie sah ihn aus schwarzen Augen unergründlich an. »Du weißt, dass sie ein Kind ist, oder? Dass ihnen keine hundert Sommer auf der großen Mutter bleiben, bevor sie wieder vergehen?«

»Ja, Herrin.«

»Und du solltest es niemals vergessen.«

»Das werde ich nicht, Herrin.«

Damit verschwand sie wieder in der Erde, aus der sie gekommen war, und Fynn saß alleine neben der Quelle. Seine Gedanken verloren sich in der Dunkelheit.

***

Es fühlte sich an wie ein Traum.

Als Lea die Augen öffnete und in die goldenen Sonnenstrahlen des neuen Morgens hineinblinzelte, hätte sie nicht sagen können, ob sie schon wach war.

Klumpig schwammen Zweifel in ihrer Magengrube.

Hatte es die vergangene Nacht tatsächlich gegeben? War sie wirklich mit Fynn durch den Wald gelaufen, hatte Feen bei ihrem Tanz beobachtet, auf der spiegelnden

Oberfläche eines Weihers gelegen und ihm seinen ersten Kuss gegeben?

Sie berührte mit den Fingerspitzen ihre Lippen, die bei der Erinnerung warm wurden.

Konnte das echt gewesen sein?

Eine Leere lag schwer auf ihrer Brust. Nein, eigentlich war das völlig unmöglich.

Sie musste ganz sicher sein. So schnell sie konnte, sprang sie aus dem Bett und eilte im Schlafanzug und Katzenpantoffeln nach draußen. Aber Fynn war nirgendwo zu sehen.

Enttäuschung schwappte durch ihren Magen.

Eine Möglichkeit gab es noch. Sie ging weiter zur Zisterne. Und jetzt sah sie es ganz deutlich. Ein feiner Film aus schimmerndem Regenbogen, der den Riss verschloss und das Wasser am Austreten hinderte.

Es war echt!

Es stimmte.

Jubel brandete in goldenen Wellen durch ihre Brust.

Magie existierte, Feen existierten und Fynns Kuss war auch Wirklichkeit gewesen. Wieder berührte sie ihre Lippen. Echt. Alles echt.

Mit einem breiten Grinsen im Gesicht ließ sie einen Eimer voll Wasser laufen, kletterte die Leiter empor und befüllte den Duschkanister.

Immer wieder schwirrten die Gedanken durch ihren Kopf und drehten sich im Kreis, so unfassbar schien es immer noch. Aber es war echt.

Eiskaltes Wasser traf wenige Minuten später ihren Rücken, sie quietschte auf, aber nicht nur vor Schreck, sondern hauptsächlich vor Glück. Das Leben war magisch und es gab nichts und niemanden, der ihr das wieder wegnehmen konnte.

Der Himmel war blauer, die Blätter grüner und der Wald voller Wunder. Sogar ihre Mückenstiche waren allesamt verschwunden. Das Leben war *schön*.

***

Als Fynn auch nach ihrer Dusche nicht auftauchte, machte sie sich auf den Weg in die Stadt, um ein Kabel zu besorgen.

Sie stieg wie immer über den Baumstumpf, der wie ein kleiner, grüner Elefant aussah und dachte darüber nach, dass sie sich heute ein wenig merkwürdig fühlte. Sie hatte nämlich keine Seife benutzt. Die hatte nämlich ganz seltsam gerochen. Konnte Seife schlecht werden?

Seltsamerweise hatte sie trotzdem nicht das Gefühl, zu stinken. Im Gegenteil, sie roch hauptsächlich nach gar nichts, einfach nach sich selbst.

Beschwingt ging sie über die Wiese zum Kiesweg und weiter die malerische Straße ins Tal hinunter. Vorbei an den Häusern, die bunte Farbe in die Innenstadt tupften.

Sie hatte eine SMS von ihrer Schwester bekommen und antwortete dem *Hasi*, damit sie sich keine Sorgen machte.

Dann war es nicht mehr weit bis zum Baumarkt. Der junge Mann erkannte sie gleich wieder und zeigte ihr eine kleine Auswahl an Verlängerungskabeln.

Lea überlegte eine ganze Weile hin und her und entschied sich am Ende einfach für das Längste. Zum Teil, weil sie dachte, dass ihr Chef das Kabel dann auch noch anderweitig verwenden konnte. Aber hauptsächlich, weil der junge Mann so hilfsbereit gewesen war, und sie ihm etwas Gutes tun wollte.

Als sie das Geld auf die Theke legte und auf die Quittung wartete, fand sie sich selber merkwürdig. Auf der einen Seite hatte sie sich so lange schwer damit getan, Hilfe anzunehmen, auf der anderen Seite machte es ihr so viel Freude, Unterstützung weiterzugeben.

Mit einem freundlichen Nicken verabschiedete sie sich und verließ mit dem Kabel über der Schulter den Laden.

Sie gönnte sich noch ein Stück Pizza und schlenderte damit die Straße hinunter in Richtung Wald.

Sie biss genüsslich in das käsetriefende Stück knuspriger Margherita und wartete auf die übliche Geschmacksexplosion. Doch stattdessen spuckte sie den Bissen auf den Boden.

Das war unglaublich peinlich. Sie blickte sich um, aber zum Glück hatte es niemand gesehen.

Ungläubig starrte sie auf das Pizzastück in ihrer Hand. Es sah völlig normal aus, aber es hatte geschmeckt wie … sie konnte es kaum beschreiben. Irgendwie wie Abfall. Sie schnupperte vorsichtig an der Spitze und jetzt konnte sie es auch riechen. Irgendwie abgestanden und … chemisch.

Angeekelt verzog sie ihre Lippen. So eine Schande. Sie nahm die Papierserviette und sammelte das ausgespuckte Stück von der Straße auf, um es in den nächsten Papierkorb zu werfen.

Es war ihr immer noch unangenehm, dass das überhaupt passiert war, aber sie hatte das Gefühl gehabt, sie müsste sich auf der Stelle übergeben.

Dabei war die Pizza letztes Mal unheimlich lecker gewesen. Richtig saftig und käsig. Ob diesmal versehentlich verdorbene Zutaten verwendet worden waren?

Vielleicht sollte sie zum Laden gehen und Bescheid sagen. Nicht, dass sich noch jemand daran vergiftete.

Dabei wollte sie eigentlich nichts lieber als zurück in den Wald. Vielleicht war Fynn ja schon wieder bei der Hütte.

Doch sie drehte sich gewissenhaft um und ging zurück zu dem kleinen Pizzaladen.

Der Mittvierziger hinter der Theke sah aus wie ein Italiener und trug einen schicken, gezwirbelten Schnauzbart.

»Entschuldigen Sie bitte, ich glaube, Ihre Pizza ist verdorben.«

Der Mann blinzelte zweimal, bevor die Worte in seinem Kopf anzukommen schienen. »Das ist unmöglich, Signora«, sagte er bestimmt und völlig akzentfrei.

»Ich habe gerade ein Stück bei Ihnen gekauft und glauben Sie mir, es hat ganz schrecklich geschmeckt.«

»Das kann gar nicht sein. Meine Zutaten sind immer frisch. Ich kaufe sie auf dem Markt und backe die Pizza alle paar Stunden, je nach Nachfrage.«

»Aber ich bin doch nicht verrückt.«

»Signora, wollen Sie mich beleidigen?«

»Nein, ehrlich nicht. Ich hab nur gedacht, nicht, dass sich jemand den Magen verdirbt.«

»Wenn Sie nicht zufrieden sind, dann gebe ich Ihnen ein neues Stück Pizza.« An seinem Gesicht konnte sie ablesen, dass er ihr nicht glaubte und das *Signora* ließ er diesmal weg. Er hielt sie wahrscheinlich für eine miese Touristin, die kostenlos ein zweites Stück Pizza abstauben wollte und Lea fühlte ein Ziehen im Bauch, denn das stimmte ja gar nicht.

»Bitte, hier.« Wütend schob der Mann ein frisches Stück saftige Pizza auf einen Pappteller und hielt es ihr entgegen. »Überzeugen Sie sich selbst.«

Der bittersüße Geruch stach ihr in die Nase und sie wich einen halben Schritt zurück. »Riechen Sie das denn nicht?«, fragte sie.

»Ich rieche nichts, außer frischen Tomaten, gut gereiftem Käse und knusprigem Hefeteig.« Demonstrativ schob er sich die Spitze in den Mund und kaute genüsslich auf dem Bissen herum. »Schehen Schie.« Er schluckte. »Köstlich, wie immer.«

»Aber es riecht wie …«

»Signora, wenn Sie meine Pizza nicht mögen, dann müssen Sie sie ja nicht essen. Aber hören Sie auf, mir die Kundschaft zu vergraulen.«

Im Augenblick war weit und breit niemand zu sehen. Aber Lea beschloss, dass sie hier wohl nichts ausrichten konnte. Außerdem hatte er das widerlich stinkende Objekt mit Genuss verspeist.

»Es tut mir leid, ich wollte Sie nicht beleidigen.«

Der Mann war zu höflich, um etwas zu erwidern, sah aber noch immer finster drein. Sobald sie sich umgedreht hatte, fing er an, leise vor sich hinzumurmeln und Lea hatte ein schlechtes Gewissen, obwohl sie es doch ehrlich nur gut gemeint hatte.

Das war seltsam.

Wieso konnte ihm dieses widerliche Ding so gut schmecken? Wieso bemerkte er nicht, wie falsch es roch?

Nachdenklich ging sie die Straße hinauf. Dabei fiel ihr Blick auch auf den kleinen Teeladen, in dem sie letztes Mal den Hexer entdeckt hatte.

Rückwirkend musste das Treffen im Wald wohl ziemlich merkwürdig für ihn gewesen sein. Schließlich hatte sie da noch keine Ahnung, dass Magie existierte. Deshalb hatte er auch so seltsam geguckt.

Aber jetzt wusste sie, dass alles echt war und das bedeutete, dass dieser Mensch ein *richtiger* Hexer war. Und das wiederum hieß, dass er ihr das Zaubern vielleicht beibringen konnte.

Kurzentschlossen ging sie in den Laden.

Kapitel 16

Das Windspiel aus Muscheln und Glasscherben über der Tür klickerte mystisch, als sie eintrat.

Der Hexer kam aus einer schmalen Schwingtür und trocknete die Hände an einem schmutzigen Lappen.

»Du bist es.«

»Hallo«, sagte Lea und wusste überhaupt nicht, wie sie anfangen sollte. »Sie sind ein Hexer.«

Er lachte. »Ich glaube, so weit waren wir schon.«

»Aber ich meine, Sie sind *wirklich* ein Zauberer.«

»Also hat der Anhänger gewirkt?«

Sie nickte. »Ich habe Feen gesehen, die im Mondlicht tanzen«, flüsterte sie. Die Worte klangen so verrückt aus ihrem Mund, dass sie sich darauf einstellte, ausgelacht zu werden.

»Sie sind wunderschön, nicht wahr?«

»Und wie.« Lea strahlte über das ganze Gesicht und trat an die Theke heran.

Sie war also nicht völlig verrückt. Falls sie noch Zweifel gehabt hatte, waren die jetzt ausgeräumt. Sie war nicht allein. Es gab auch andere Menschen, die all die wundersamen Dinge sehen konnten.

»Wie wird man eine Hexe?«, fragte sie und hörte ihre eigene Aufregung in den Worten mitschwingen.

»Das ist leider gar nicht so einfach.«

Sofort sackte ihr das Herz zwischen die Knie. Aber das hätte sie sich wohl denken können. Wenn es einfach wäre, würde es wohl jeder machen.

»Als Erstes bräuchtest du einen magischen Funken, ohne den zur Hexe zu werden, ist so gut wie unmöglich.«

Einen Funken? Das klang nicht so schwer. »Und wie bekomme ich den?«

»Du kannst ihn geschenkt bekommen. Das klingt einfach, ist es aber nicht. Denn für ein magisches Wesen ist so ein Geschenk sehr schmerzhaft und aufwändig. Also müsste es dir mindestens einen Arm, ein Bein oder sein Leben schulden. Alternativ könntest du versuchen, eine Hexe umzubringen, aber das ist in der Regel noch schwieriger.«

Leas Schultern sackten nach unten. »Mit anderen Worten …«

»Mit anderen Worten, man bekommt einen magischen Funken eher gar nicht.«

»Wie sind Sie denn an ihren Funken gekommen?«, fragte Lea. Noch hatte sie die Hoffnung nicht ganz aufgegeben.

»Wer sagt, dass ich einen habe?«

Sie kratzte sich am Hinterkopf. »Aber Sie sind doch ein Hexer. Und Sie meinten, ohne einen Funken wäre das unmöglich.«

»Ich habe gesagt, *so gut* wie unmöglich.«

Sie legte ihren Kopf zur Seite und erkannte, dass sie wohl ziemlich genau auf seine Wortwahl achten musste, wenn sie etwas Brauchbares von ihm erfahren wollte. Dabei fiel ihr auf, dass er eigentlich noch auf keine ihrer Fragen richtig geantwortet hatte.

Sie blies sich eine Strähne aus der Stirn. »Okay, können Sie mir irgendeinen Zauber beibringen, ohne dass ich einen Funken besitze?«

»Das kommt darauf an.«

Sie schnaubte. »Auf die Gegenleistung?«

»Darauf, was du lernen möchtest.«

»Oh, irgendetwas.« Ihr Herz glühte bei dem Gedanken, dass es tatsächlich möglich war, Magie zu beherrschen.

»Dann brauche ich dir nichts beizubringen. Du trägst meinen Anhänger um den Hals und kannst Magie sehen. Damit hast du alles, was du wolltest.«

»Aber ich meinte nicht … ich …« Das war widerlich und unfair.

»Kindchen, du solltest lieber ganz schnell lernen, dass man im Leben ganz genau das bekommt, wonach man strebt. Wenn ein Penner dich auf der Straße anspricht und dich um fünfzig Cent bittet, dann lässt du ihn im schlechtesten Fall stehen, im besten Fall gibst du ihm fünfzig Cent. Aber er wird sicher keinen Hunderter von dir bekommen und auch keinen Job. Warum nicht? Weil er nicht danach gefragt hat. Weil er sich nicht im Klaren darüber war, was er wollte. Also, ich gebe dir eine letzte Chance. Was soll ich dir beibringen?«

Lea sah sich eilig im Raum um. Sie hatte ja nicht mal eine Ahnung, was überhaupt möglich war. Ihr Blick blieb an einem Regenmacher hängen. »Ich möchte Regen machen.« Das war eine tolle Idee. Zugegeben, davon hatte es in den letzten Wochen genug gegeben, aber immerhin war das eine Sache, bei der man das Resultat sofort überprüfen konnte. Und es konnte sicher nützlich sein, wenn man mal ein Feld bestellen wollte.

Weil sie ja schon so unheimlich viele Felder bestellt hatte. Hätte ihr eigentlich auch etwas Sinnloseres einfallen können? Aber jetzt war es raus.

»Du hättest übrigens auch einfach fragen können, was sich denn im Bereich des Möglichen befindet. Aber ich schätze, das ist dann Lektion zwei: niemals schüchtern sein und immer Fragen stellen. Aber gut, kommen wir zu deinem Zauber. Ich sage dir, wie du Regen machen kannst. Wenn du mir dafür alles über deinen Freund erzählst.«

»Meinen Freund? Sie meinen Fynn?«

»Fynn, nennt er sich so?« Der Alte grub die Finger in seinen Bart. »Sehr interessant.«

»Ich dachte, Sie kennen sich?«

»So, wie ein normaler Hexer einen Wassergeist eben kennt.« Seine Stimme war kalt.

»Einen Wassergeist?« Lea bekam große Augen.

»Du willst mir ernsthaft erzählen, dass du das nicht weißt?« Er stemmte die Hände in die schmalen Hüften. »Mädchen, ich lass mich nicht gern veräppeln.«

»Nein, das wusste ich nicht.«

Seine Augen waren schmal. »Wie hast du ihn dann kennengelernt?«

»Er hat mich gerettet, als ich in die kleine Quelle gefallen bin.«

»Ein Wassergeist hat dir das Leben gerettet? Jetzt weiß ich, dass du lügst.«

»Nein, ehrlich.«

Er schob skeptisch die Unterlippe vor. »Gut, was hat er dafür verlangt?«

»Nichts. Na ja, außer, dass er mir unbedingt die Feen zeigen wollte.«

»Tha!« Sein halbes Lachen war laut und krächzend.

Lea zuckte vor Schreck zusammen.

»Er hat sich ein Haustier zugelegt. Ich glaub's ja nicht.«

Sie starrte ihn verständnislos an.

»Aber dir ist schon klar, dass er seine Meinung über dich sehr schnell wieder ändern kann, oder? Wassergeister sind sprunghaft, das liegt in ihrer Natur. Was ihm heute gefällt, findet er morgen langweilig.«

Die Worte schnitten ihr ins Herz. Konnte das stimmen? Vorausgesetzt, sie glaubte, dass Fynn ein Wassergeist war.

Ein Wassergeist.

Sie ließ sich das Wort auf der Zunge zergehen. Die Indizien sprachen zumindest dafür. Aber deshalb musste er noch lange nicht sprunghaft sein.

Auch wenn er heute Morgen nicht da gewesen war, bisher war er jedes Mal zu ihr zurückgekehrt. Außerdem hatte er sie geküsst.

Oder sich zumindest küssen lassen. Das musste doch irgendetwas bedeuten.

Was wusste dieser Hexer schon? Immerhin hatte er selber zugegeben, dass er Fynn nicht persönlich kannte. Sonst bräuchte er sicher keine Informationen von ihr. »Vielleicht auch nicht«, sagte sie deshalb fest.

»Sag nicht, ich hätte dich nicht gewarnt, Mädchen.«

»Ich hab Ihnen erzählt, was ich weiß. Was ist nun mit meiner Hälfte der Abmachung? Wie macht man Regen?«

Er warf ihr einen nachdenklichen Blick zu. Schließlich zuckte er mit den Schultern und beugte sich hinter die Theke. »Als Erstes brauchst du das hier.« Er beförderte ein kleines, weißes Säckchen zutage. Es wurde von einem roten Faden zusammengehalten, war prall gefüllt und knisterte leise.

»Was ist das?«

»Ein Säckchen.«

Langsam nervte das. »Und was ist drin?«

»Asche von einem halben Eidechsenschwanz, Fliederblüten, Eschenblätter, Farn, Erika und Johanniskraut.«

»Damit macht man Regen?«

»Nicht ganz. Du brauchst natürlich noch die Träne einer Meerjungfrau und einen Funken Magie.«

»Aber ich hab keine Magie, das war doch gerade der Punkt.«

»Bist du sicher?« Er kniff die Augen zusammen.

»Natürlich, ich hab gefragt, ob Sie mir etwas beibringen, wofür man keinen …« Moment, hatte er sie wieder reingelegt?

Aber diesmal schüttelte er den Kopf. »Das meine ich nicht, bist du sicher, dass du keinen magischen Funken hast?«

»Woher sollte ich den denn haben? Ich hab keine Hexen getötet und auch nichts geschenkt bekommen. Davon wüsste ich doch, oder?«

Der Alte grunzte. »Wie du meinst.«

»Also kann ich jetzt Regen machen oder nicht?«

»Das kommt wohl auf einen Versuch an.«

Fast hätte sie sich einfach umgedreht und wäre gegangen. Aber das Ziel schien zum Greifen nahe. »Und alles was ich dafür brauche, ist dieses kleine Säckchen da?«

Er griff noch einmal unter die Theke und holte ein kleines Fläschchen mit einem winzigen Schluck klarer Flüssigkeit heraus. »Die Meerjungfrauenträne«, sagte er, ohne mit der Wimper zu zucken.

»Nur eine?« Das musste aber eine riesige Meerjungfrau gewesen sein. Überhaupt, sollte das bedeuten, es gab Meerjungfrauen? So wie in den Märchen? Mit Fischschwänzen und allem Drum und Dran?

Wenn das stimmte, was war dann noch alles echt? Die Möglichkeiten überrollten sie wie ein Tsunami und sie verstand fast nicht, was er als Nächstes sagte.

»Sie ist selbstverständlich verdünnt. Leider kann ich sie dir nicht *verkaufen*, dann verliert sie ihre Wirkung. Aber das hier kostet hundert Euro.« Er schob ihr das Säckchen entgegen, und sein Blick machte deutlich: *Kaufst du den Beutel, bekommst du die Träne dazu.*

Lea schluckte, das war verdammt viel Geld. Außerdem hatte er deutlich gemacht, dass es keine Garantie gab. Es wäre nur ein Versuch.

Andererseits hatte er auch eine Abmachung mit Fynn getroffen und die Kette funktionierte ganz offensichtlich einwandfrei.

Sie kramte in ihrem Portemonnaie herum und fand 57,41 Euro. Sie hielt es ihm entgegen. »Mehr hab ich nicht.«

»Ich nehme auch Karte«, sagte er und zog das Lesegerät aus den scheinbar unerschöpflichen Tiefen hinter seiner Theke hervor.

Lea seufzte, aber allein die Idee, selber Magie bewirken zu können, war einfach zu verlockend. Sie war hin- und hergerissen, aber am Ende gewann ihre Neugier und der sehnliche Wunsch, selbst zur Hexe zu werden. Sie schob die Karte in das Lesegerät und konnte förmlich spüren, wie ihr Konto unter der Belastung ächzte.

»Was mache ich jetzt damit?«

»Du schüttest die Träne auf das Säckchen und bittest um Regen.«

»Wie, einfach so?«

»Einfach so.«

»Und das funktioniert?«

»Zumindest, wenn du einen Funken Magie besitzt, oder wenn ein Wassergeist anwesend ist.«

Ihr klappte der Mund auf. »Heißt das, ich soll einfach Fynn um Regen bitten?«

»Wieso nicht?« Er zuckte mit den Schultern. »Ein großer Teil der Hexen-Magie besteht darin, die Geister der Natur um Hilfe zu bitten. Nur meistens haben wir nicht so viel Glück, eine persönliche *Beziehung* zu ihnen zu haben.«

Lea überkam das unbändige Bedürfnis, den langen, hageren Kerl zu schütteln. Wut und Scham brodelten unter ihrer Haut. Sie hatte sich hereinlegen lassen. Hundert Euro. Sie konnte es nicht fassen. Sie war echt ein Schaf.

Ungehalten schnappte sie nach Fläschchen und Beutel und drehte sich herum.

»Sag deinem Freund, wir sehen uns heute Nacht.«

Sie drehte sich noch einmal um. »Was ist heute Nacht?«

Ein Grinsen breitete sich in seinem faltigen Gesicht aus. »Vollmond.«

Kapitel 17

Auf dem Weg zurück zur Hütte ärgerte Lea sich schwarz. Er hatte es doch geschafft, sie hereinzulegen. Hundert Euro rissen ein Loch in ihr Bankkonto.

Dabei hatte sie doch selber herausgefunden, dass sie auf seine Wortwahl achten musste.

Und er hatte sogar dazugesagt, dass es ein Experiment war. Aber die Möglichkeiten hatten unter ihren Fingerspitzen gekitzelt. Himmel, wer wäre nicht darauf hereingefallen, bei der Möglichkeit einen echten Zauber wirken zu können.

Als sich ihre Wut auf sich selber ein bisschen gelegt hatte, fiel ihr wieder ein, was der Hexer über Fynns Wankelmütigkeit gesagt hatte. Gut, er verschwand schon gerne, ohne ein Wort zu sagen. Allerdings kam er ja immer zu ihr zurück. War das ein Beweis dafür, dass der Hexer recht hatte?

Sie hoffte von Herzen, dass Fynn einfach zwischen den Bäumen auftauchte, sobald sie an der Hütte ankam und dass er sie in die Arme nahm. Dann wäre diese Frage ein für alle Mal geklärt.

Ihre Schritte wurden immer langsamer, denn der Wald lag still und verlassen da. Sie hörte Vogelzwitschern und irgendwo hämmerte ein Specht.

Doch es war kein Fynn weit und breit zu sehen.

Sie hoffte immer noch, während sie die Türe aufschloss, aber wie hätte er schon reinkommen sollen.

Durchs Schlüsselloch schoss es ihr durch den Kopf. Ging das? Konnten Hexen – oder viel mehr Wassergeister – das?

Aber auch in der Hütte herrschte Stille.

Um sich abzulenken, schloss Lea schnell das Verlängerungskabel an und ging zur Zisterne. Dann stand sie unentschlossen vor dem magisch versiegelten Riss. Ob man da einfach drüber schweißen konnte? Fynn hatte *ja* gesagt. Aber konnte er das überhaupt wissen? Sie bezweifelte stark, dass es in der Bedienungsanleitung für den Heißluftföhn einen Unterpunkt zur Kompatibilität mit Wassergeistern und Magie gab.

Ob sie es einfach probieren sollte?

Ausprobieren. Dabei dachte sie an den Regenzauber. Sie zog nachdenklich den kleinen weißen Beutel aus ihrer Hosentasche und betrachtete ihn.

Was hatte der Hexer eigentlich gemeint, als er gefragt hatte, ob sie sich sicher sei, keine Magie zu besitzen?

Sonst war er doch so vorsichtig mit seinen Aussagen. Im Nachhinein klang es fast so, als hätte er ihr unterstellt, einen Funken zu haben. Aber das wüsste sie doch.

»Was tust du da?«, fragte Fynn hinter ihr und Lea sprang erschrockenen auf. Schnell schob sie das Säckchen zurück in ihre Tasche. Es war ihr immer noch peinlich, dass sie auf den Hexer hereingefallen war und irgendwie hatte sie das Gefühl, als müsste sie ihren Versuch, selber zu zaubern, vor Fynn verstecken.

»Ich … ich wollte das Fass reparieren.« Sie legte die Hände auf den Rücken. »Du hast doch gesagt, deine Lösung wäre nur provisorisch, oder?«

Er nickte. Sie hatte eine Umarmung erhofft, einen Kuss ersehnt, aber zumindest mit irgendeiner Form der Berührung gerechnet, doch er stand einen vollen Schritt entfernt.

Er machte auch keine Anstalten näher zu kommen. Wenn das in der letzten Nacht tatsächlich sein erster Kuss gewesen war … vielleicht wusste er es dann einfach nicht besser.

Mit wild klopfendem Herzen machte sie einen halben Schritt auf ihn zu, legte ihre Hand um seine und beugte sich dicht an ihn heran. Als er mucksmäuschenstill stehen blieb, hauchte sie einen winzigen Kuss auf seine Wange.

Ein halbes Lächeln huschte über sein Gesicht und seine Finger fuhren zu der Stelle ihrer Berührung.

»Danke«, sagte er.

Und Lea sah verlegen zur Erde. »Dafür musst du dich nicht bedanken.«

Sie sah ihn aufmerksam an und ihr Puls stolperte vorwärts, während sie auf eine Antwort wartete, eine Reaktion, irgendetwas.

Aber er blickte sie nur nachdenklich an.

Ein merkwürdiges Wesen.

Sie räusperte sich und nickte zu der Zisterne herüber. »Aber … ist das wirklich Magie? Kannst du selber zaubern?« Sie musste es unbedingt noch einmal bei Tageslicht hören. Denn trotz allem gab es immer noch einen Teil von ihr, der steif und fest behauptete, dass alles nur ein Traum gewesen war.

Diesmal nickte er mit einem unsicheren Lächeln.

»Bist du wirklich ein Wassergeist?«, platzte es aus ihr heraus.

Sein Gesichtsausdruck veränderte sich plötzlich und das Lächeln verschwand. »Hat das der Hexer gesagt?«

Sie nickte. »Ich hab ihn in der Stadt getroffen, als ich das Verlängerungskabel gekauft habe.«

Er wechselte unruhig das Standbein und schien abzuwägen. »Wäre das denn schlimm?«, fragte er schließlich.

»Das kommt natürlich darauf an, was das genau bedeutet. Aber bisher machst du einen ziemlich netten Eindruck. Wenn du zusätzlich auch noch ein magisches

Wesen wärst, fände ich das, glaube ich, ziemlich cool.« Sie versuchte ein aufmunterndes Lächeln. »Außerdem könnte ich dann behaupten, ich hätte einen echten Wassergeist geküsst.«

Sein Blick huschte zur Seite. War es ihm jetzt doch unangenehm? Rote Glut lag in ihrer Magengrube und versengte ihr das Zwerchfell. Wankelmütig hatte der Hexer ihn genannt. Unstet wie das Wasser, aus dem er kam.

Aber das konnte nicht stimmen – das durfte nicht wahr sein.

Als er schwieg, beschloss sie fürs Erste das Thema zu wechseln. »Kann ich da einfach drüber schweißen?« Sie deutete auf den Riss.

Er wirkte erleichtert. »Ich kann das Wasser für dich zurückweichen lassen. Dann geht es sicher.«

Als sie ihn staunend ansah, lächelte er vorsichtig.

»Und wie funktioniert das?«, fragte sie.

Er zuckte mit den Schultern. »Ich frage es einfach.«

»Und das Wasser gehorcht dir?«

»Wieso nicht?« Er trat näher an das Fass heran und fuhr mit dem Daumen über den Riss. Der glitzernde Film verschwand und sie konnte sehen, wie sich eine Luftblase hinter der schmalen Öffnung bildete.

Bei dem Anblick echter Magie schlug ihr Herz einen übermütigen Salto.

Allerdings hatte sie keine Ahnung, wie lange er den Zauber halten konnte, also schaltete sie schnell den Föhn ein und begann zu schweißen.

Drei lange Nähte, die alles andere als hübsch aussahen. Zu guter Letzt erwärmte sie das Rundrohr, das sie vorsorglich aufgeschnitten hatte, drückte es flach, und schweißte auch das noch oben drauf, von allen vier Seiten fest.

Jetzt sah die Zisterne aus, als hätte sie ein gigantisches, schiefes Pflaster mit wulstigen Nähten, aber immerhin war es dicht – hoffte Lea zumindest.

Sie schaltete den Heißluftföhn aus. »Okay, du kannst … loslassen?«

Fynn machte einen Schritt auf die Zisterne zu und griff mit der Hand in die Öffnung hinein. Als er wieder zurücktrat, nickte er ihr zu und es passierte – gar nichts.

Sie kratzte sich am Hinterkopf. Aber es schien zu halten. Kein Spritzen, kein Tropfen – zumindest fürs Erste. Der Rest würde sich zeigen.

»Wieso musstest du deine Hand reinstecken?«, fragte sie neugierig, denn vorher hatte es ja auch eine Berührung von außen getan.

»Ich brauche eine Verbindung zu dem Wasser, mit dem ich sprechen möchte. Das würde auch über die Luft funktionieren, aber je weiter der Abstand, desto anstrengender ist das, und ich verschwende keine Magie, wenn es nicht sein muss.«

»Das heißt, man kann Magie irgendwie … verbrauchen?« Sie kam sich vor, als wäre sie in eines ihrer Bücher geplumpst, nur mit dem Unterschied, dass sie nun selbst an einer Unterrichtsstunde *Magie für Anfänger* teilnehmen durfte.

»Ja und nein.« Er rieb sich nachdenklich den Nacken. »Magie ist wie … Wasser. Sie kann flüssig sein, fest oder als Gas existieren. Dabei ändert sie zwar ihre Form, aber sie bleibt immer erhalten. Trotzdem kannst du die Magie, die in deinem Körper vorhanden ist, verbrauchen und musst sie anschließend wieder auffüllen …« Er schien nach Worten zu suchen.

»Wie bei einer körperlich anstrengenden Arbeit. Dann schwitzt du, bekommst Durst und musst erst etwas trinken, bevor du weitermachen kannst?«

Er nickte.

»Und wie füllst du deine Magie wieder auf?«

»Erinnerst du dich, dass ich gesagt habe, du hättest mein Zuhause bereits gesehen?«

Was hatte das mit ihrer Frage zu tun? Aber Lea nickte.

»Die Quelle, in der ich dich gefunden habe, dort lebe ich. Und sie ist auch die Quelle meiner Magie.« Er lächelte. »Wenn ich *Durst* bekomme, kann ich aus ihr *trinken*. Sie ist ein Teil von mir.« Die letzten Wörter hatte er fast geflüstert.

»Aber *ich* kann keine Magie … trinken«, sagte Lea. Und es war eher eine traurige Feststellung als eine Frage.

Fynn nickte. »Um zu essen, brauchst du einen Magen, um zu atmen, eine Lunge, um Magie zu wirken einen … einen Funken?«

»So hat der Hexer das genannt, was man zum Zaubern braucht.« Lea sah ihn wegen der Wortwahl überrascht an. Natürlich – seine Sprache. Ihr war doch auch vorher schon aufgefallen, wie sie sich verändert hatte. Das musste auch an seiner Magie liegen, dass er die Worte benutzte, die sie selber kannte.

»Dann hat er nicht gelogen«, sagte Fynn.

»Er hat auch behauptet, du könntest Regen machen, stimmt das?«

»Ein ziemlich redseliger Hexer. Es stimmt aber nur zum Teil. Denn ich kann Regen nicht einfach so aus dem Nichts erschaffen. Aber ich kann die Wolken bitten, ihn gehen zu lassen, wenn sie schwer genug sind, wenn die Luftfeuchtigkeit stimmt … wenn die Bedingungen eben passend sind.«

»Könntest du es für *mich* regnen lassen?« Sie lächelte halb verlegen, und er sah sie forschend an.

»Warum würdest du wollen, dass es regnet?«

»Einfach so.« Sie zuckte mit den Schultern. »Um Magie zu sehen.« Sie konnte die Vorfreude nicht ganz aus ihrer Stimme heraushalten.

»Aber Magie ist doch überall.« Er machte eine allumfassende Geste.

»Ich weiß, das habe ich mittlerweile auch begriffen. Aber es wäre trotzdem ziemlich cool.« Sie grinste.

»Man benutzt die Kräfte der Natur nicht leichtsinnig. Magie hat immer ihren Preis, auch wenn er nicht auf den ersten Blick erkennbar ist.«

Lea war enttäuscht und es fiel ihr schwer, das zu verbergen. Natürlich musste Fynn es am besten wissen, schließlich hatte er mit diesen Dingen wesentlich mehr Erfahrung. Trotzdem.

Da kam ihr noch eine ganz andere Idee. »Könntest du mich eigentlich zu einer Hexe ausbilden?« Schließlich war er ihr offensichtlich wesentlich freundlicher gesonnen als der Hexer aus dem Dorf.

»Ich mag keine Hexen. Die meisten wollen ständig etwas von dir und würden am liebsten nichts dafür tun.«

Jetzt bekam sie ein schlechtes Gewissen. Sie wollte unter keinen Umständen wie ihr bescheuerter Ex rüberkommen. Trotzdem konnte sie ihre Enttäuschung nicht ganz verbergen. Aber sie bemühte sich wenigstens um ein kleines Lächeln. »Okay.«

Fynn seufzte. »Aber wenn du willst, kann ich dir etwas anderes zeigen.«

Jetzt wurde sie neugierig. »Und was wäre das?«

»Wenn du sowieso schon weißt, dass ich ein Wassergeist bin …« Er streckte den Arm in ihre Richtung aus und fast hätte Lea danach gegriffen. Aber in dem Augenblick verloren seine Finger vollständig ihre Farbe. Sie wurden durchsichtig und schimmerten wie Glas oder … »Wasser!«

Er lächelte während die Durchsichtigkeit seine Adern hinaufkroch. Bald waren seine Arme ganz durchsichtig, seine Füße und sein Kopf folgten. Ein vollständiger Mensch aus klarem Quellwasser, in Jeans und T-Shirt, stand vor ihr und lächelte mit fast durchsichtigen Zügen an.

Wasser-Fynn tat einen Schritt auf sie zu und legte das kühle Nass seiner Hand an ihre Wange.

Sie schmiegte sich in die Berührung hinein und spürte seine Feuchtigkeit, aber ohne nass zu werden.

Dann wurde er wieder fest, seine Hand lag warm an ihrer Schläfe und Lea war sich sicher, dass er sie mochte.

Ganz plötzlich ließ er los und machte wieder einen Schritt zurück.

Die Erinnerung an die Worte des Hexers schabte von innen gegen ihre Brust. Er musste sie einfach mögen, es konnte gar nicht anders sein, aber warum stieß er sie immer wieder von sich? »Was ist los?«, fragte sie.

»Nichts, ich … ich muss los, es wird bald dunkel.«

Wo konnte er so plötzlich hinwollen? Und dann fiel es ihr wieder ein. »Der Vollmondzauber?« Lea war sofort Feuer und Flamme. »Darf ich zugucken?«

»Ich weiß nicht.« Sie konnte sehen, wie er mit sich kämpfte.

»Sonst schleiche ich mich hinterher und schaue heimlich zu«, drohte sie spielerisch. Das entlockte ihm ein Lächeln.

Schließlich nickte er. »Einverstanden. Aber du musst dich verstecken, dem Hexer würde es sicher nicht gefallen, wenn ich Zuschauer mitbringe.«

»Muss ich dafür wieder den Berg hochkraxeln?« Sie warf einen nicht gerade glücklichen Blick auf die steilen Felsen hinter dem Haus.

»Das ist zumindest der schnellste Weg.«

»Aber auch der halsbrecherischste.« Sie kickte gegen einen kleinen Stein, der sich nur tiefer in die Erde bohrte.

»Es gibt eine Alternative, aber dafür müssen wir zuerst ein Stück Richtung Stadt laufen.«

Kapitel 18

Fynn rannte durch den Wald. Farn schlug gegen seine Beine, er wich tiefhängenden Zweigen aus, huschte zwischen Baumstämmen hindurch, und dann hörte er ihren Ruf. Zum dritten Mal hielt er an, um auf sie zu warten. Je dunkler es wurde, desto langsamer kam sie voran. Und es wurde schnell dunkel unter dem Dach der Bäume.

Immer und immer wieder hallten die Worte der Herrin des Waldes durch seinen Kopf und hämmerten von innen gegen seinen Schädel, stachen bis hinunter in sein Herz.

Er konnte Lea nicht behalten – er *durfte* sie nicht behalten. *Ich mag dich,* musste das letzte Mal gewesen sein. Und doch … es fiel ihm unendlich schwer, seine Hand nicht nach ihr auszustrecken, nicht ihre Nähe zu suchen, kein Teil von ihr zu sein.

Seine Haut summte immer noch wie Bienenschwärme bei der Erinnerung an ihre Wange unter seinen Fingern.

Es war ein merkwürdiges, zerrendes Gefühl, das sich in ihre Richtung dehnte. Er konnte es weder beschreiben noch richtig erklären. Er wollte bei ihr sein, das war alles, was er wusste, und er nahm offensichtlich jede Gelegenheit wahr, um diese Zweisamkeit zu entschuldigen.

Dafür stand er in dem stinkend giftigen Geruch von Plastik, während sie es erhitzte und jetzt lud er sie sogar zu einem Hexenritual ein, das nicht mal sein eigenes war.

Und zwischen all dem hoffte er, dass die Herrin des Waldes ihn nicht erwischte. Denn was dann geschehen konnte, … daran erlaubte er sich nicht einmal zu denken.

»Warte …« Schwer atmend blieb sie ein gutes Stück hinter ihm stehen und stützte sich auf ihre Knie. »Meine Güte … bist du … schnell …« Er ging zurück, während sie sich aufrichtete und die Seiten hielt. »Bist du sicher, dass du kein Wiesel bist … oder so etwas?«, fragte sie mit schmerzverzerrtem Gesicht.

»Ganz sicher«, antwortete er ernst. »Wir müssen uns beeilen, damit wir vor dem Hexer da sind. Schließlich müssen wir dich noch verstecken.« *Wir*, dieses verräterische Wort.

»Wenn ich weiter so rennen muss, komm ich gar nicht erst an.«

»Es sind nur noch ein paar Meter.«

»Das kann ja sein … aber ich kann nicht mehr … ich verspreche, ich fange wieder an … regelmäßig zu joggen … aber heute nicht mehr … außerdem hab ich noch nichts Vernünftiges gegessen.«

»Wieso nicht?«

»Weil die Pizza geschmeckt hat wie … ich weiß auch nicht, so wie Gülle riecht, nur noch ekliger.« Sie verzog das Gesicht bei der Erinnerung.

Fynn rieb sich das Kinn. »Vermutlich liegt das an der Reinigung.«

Sie zog die Brauen hoch.

»Als ich dir die Feen zeigen wollte, hab ich dir doch gesagt, dass sie wahrscheinlich vor dir flüchten, weil sie deinen Geruch nicht mögen.«

»Und dann sollte ich die Augen schließen.«

»Ich habe deinen Körper gereinigt und sämtliche Giftstoffe aus dir herausgezogen. Wahrscheinlich ist deinem

Körper das bewusst und er möchte keine neuen mehr aufnehmen.«

»Ernsthaft? Nie mehr Pizza?«

Er zuckte mit den Schultern. »Wahrscheinlich musst du dich nur wieder daran gewöhnen. Iss ein oder zwei Stücke davon und danach wird es dir vermutlich wieder schmecken wie vorher.« Er sah sie neugierig an. »Das heißt, wenn du das wirklich möchtest.«

»Im Augenblick hab ich echt keine Lust auf Güllepizza. Hunger hab ich trotzdem.«

»Wenn du es bis zum See schaffst, kann ich dir etwas besorgen.«

»Maden?«

»Beeren, Pilze, Rinde ... was du willst.«

Sie sah fast schon verzweifelt den Berg hinauf. »Ich weiß nicht.«

Ein kleines Singen in seiner Magengrube ließ ihn den Vorschlag machen. »Ich könnte dich tragen.« Natürlich wollte er nur ihr Vorankommen beschleunigen. Weiter nichts.

Sie lachte, wurde dann aber sofort wieder still. »Du meinst das ernst?«

»Wieso nicht?«

Lea winkte ab. »Ich bin doch viel zu schwer.«

»Ich dachte, du hast noch nichts gegessen.«

Sie musterte ihn skeptisch. Kurzentschlossen machte er einen Schritt auf sie zu, sie roch nach Wald und Beeren und nach Mensch ... ganz ohne chemische Zusatzstoffe. Ein Lächeln huschte über sein Gesicht, dann nahm er sie spielerisch auf den Arm und rannte weiter durch das Unterholz.

* * *

Wind fing sich in ihren Haaren, zerrte an ihren Locken und die dunklen Schatten der Bäume huschten an ihnen vorbei.

Er hielt sie fest in seinen Armen und sie schmiegte ihre Wange in die Kuhle zwischen Nacken und Schulter. Er roch nach Harz und Holz und Regen.

An dem Baumstamm, der wie ein Elefant aussah, bogen sie ab und dann war es nicht mehr allzu weit. Viel zu schnell kamen sie an der Quelle an. Fynn setzte sie ab, vorsichtig, fast schon zärtlich. Ihre Hände lagen noch in seinem Nacken und sein Atem strich über ihr Gesicht. Er hielt ganz still und rührte sich nicht und dann schepperte plötzlich Schandmaul durch die Nachtluft.

Eilig fingerte sie nach ihrem Handy.

»Ja?«

Ein fieses Krachen in der Leitung. Unzusammenhängende Wortfetzen flogen ihr entgegen und kamen kaum verständlich aus der Leitung. Es war ihr Chef, der da sprach, so viel konnte Lea gerade noch heraushören.

Sie versuchte, ihm mitzuteilen, dass sie ihn nicht verstehen konnte, aber er reagierte gar nicht. Führte offensichtlich einen seiner Monologe. Sie legte auf.

Fynn war inzwischen einfach im Wald verschwunden.

Ob sie ihn erschreckt hatte oder er nur schnell zum Hexer wollte – oder ob er doch wankelmütig war – sie konnte es nicht sagen.

Lea stellte das Telefon auf Stumm, setzte sich auf den steinigen Boden und lehnte sich mit dem Rücken an einen dicken Baum

Es war stockdunkel. Tintenschwarze Nachtluft, die zwischen den Bäumen ruhte. Nur ein leises Rauschen verriet ihr, dass sie sich in der Nähe der Quelle befand, die hier oben irgendwo aus dem Felsen sprang.

Sie hob ihren Arm vors Gesicht und sah einfach gar nichts, vielleicht einen unscharfen Schemen, der noch schwärzer war als das Schwarz dahinter. Sie senkte ihre Hand wieder und starrte geradeaus, versuchte, irgendetwas zu erkennen. Aber der Mond hatte sich hinter einer Wolke versteckt und da war einfach *nichts* zu sehen.

Es musste aber etwas da sein. Ein Baum oder ein Strauch, Zweige in der Nacht, irgendetwas. Vielleicht sah sie ja doch etwas. Vielleicht auch nicht. Ein Knacken, aber sie traute sich nicht, nach Fynn zu rufen. Was, wenn das der Hexer war? Oder jemand anders?

Angst brodelte kalt in ihrem Magen und fraß sich ihre Speiseröhre hinauf.

Dann entdeckte sie ein geisterhaftes blaues Glühen. Ihr Atem ging schneller und ihre Lunge brannte. Erst versuchte sie sich einzureden, es sei nur Einbildung. Aber der schwebende Fetzen bewegte sich.

Ein Geist? Gab es Geister?

Ihr Puls begann zu rasen, das Ding kam immer näher heran, verstärkte das brodelnde Strudeln in ihrem Magen zu neuen Höhenflügen, schob sich bis in ihre Kehle hinauf und ihr wurde schlecht.

Dann erkannte sie Fynn.

»Mein Gott, ich hätte fast einen Herzinfarkt bekommen, warum hast du denn geglüht?«

»Ich wollte dich nicht erschrecken, indem ich einfach aus dem Nichts auftauche.«

»Oh, okay, danke auch. Ein kleiner Tipp, wenn du mich nicht zu Tode erschrecken willst, dann sieh verdammt noch mal nicht aus wie ein Gespenst.«

»Ich werde es mir merken. Hier.«

Sie spürte etwas Hartes gegen ihre Schulter stoßen. Sie griff danach und hielt ein großes Stück Rinde in der Hand.

»Was ist da drauf?«

»Keine Maden, wenn du das meinst. Ein paar Beeren, Pilze, Blätter. Was ich in der Eile eben auftreiben konnte. Ich gehe jetzt zur Quelle. Du musst dich ruhig verhalten und hierbleiben. Du solltest weit genug oben sein, um etwas sehen können. Solange du dich still verhältst, dürftest du nicht auffallen.«

Lea hatte sich bereits den Mund mit Beeren vollgestopft und nickte. Als ihr einfiel, dass er sie ja bestimmt nicht sehen konnte, war das blaue Glimmen vor ihr bereits wieder in der Dunkelheit verschwunden.

Ihre Position war eigentlich völlig egal, denn bei der allumfassenden Finsternis konnte sie sowieso nichts erkennen. Doch dann trat plötzlich der Vollmond hinter den Wolken hervor und tauchte die Nacht in grauweiße Schatten.

Kapitel 19

Die Quelle glitzerte im silbernen Licht des Mondes. Unter Lea erstreckten sich die schwarzen Konturen von Fels und Baum, über ihr breitete sich das schimmernde Samtgrau des Himmels aus.

Die Beeren hatten himmlisch geschmeckt, süß und saftig, ein bisschen sauer und unglaublich fruchtig. Lea hatte in ihrem ganzen Leben noch nie so etwas Köstliches probiert. Faszinierend, was Fynns *Reinigung* für Auswirkungen hatte.

Sie stellte die leere Rindenschale zur Seite, hielt so gut es ging den Atem an und wartete auf das Erscheinen des Hexers.

Das Erste, was sie hörte, war ein leises Klappern, fast schon ein Klingeln. Dann sah sie den langen Stock im Mondlicht aufragen, die vielen Talismane schlugen bei jedem Schritt des Hexers gegen das Holz und verbreiteten eine unheimliche Stimmung.

Der hagere Mann ging Richtung See und blieb schließlich neben dem wesentlich kleineren Schatten stehen, der ein Wassergeist war und sich Fynn nannte.

Dann gab es ein Zischen und rotes Licht flammte auf, wie ein Feuerwerkskörper, der aber nicht abhob, sondern an einer Stelle dicht über dem Boden sein gleißendes Licht verströmte.

Sie hörte eine dunkle Stimme, die einen merkwürdigen Singsang anstimmte und dann begann der Alte zu tanzen. Genau so, wie Lea sich einen Indianertanz vorgestellt hatte, mit großen Bewegungen, ausladenden Gesten, und immer wieder flogen Dinge durch die Luft, glitzerten in der Nacht, zischten, flackerten oder verglühten. Entweder war das ein ziemlich interessantes Feuerwerk oder echte Magie.

Vor lauter Staunen bekam sie den Mund kaum zu. Aber der Schatten von Fynn saß ziemlich ruhig am Ufer des sprudelnden Quells und rührte sich nicht.

Ganz langsam begann der Wassergeist wieder zu glühen, ein weißblauer Schemen in der Nacht wurde immer deutlicher sichtbar, breitete sich langsam aus und dann schien er in die Quelle hineinzufließen. Wie Farbe, die man in einen Teller voller Wasser gießt, breitete sich das Glühen aus, strudelte und wirbelte durch die finstere Feuchtigkeit und stand im starken Kontrast zu dem Rot und Gold am Ufer, das ebenfalls immer heller zu leuchten begann.

Zartes Violett und Rosé mischten sich in das kalte Blau der Quelle. Lea hätte es fast nicht bemerkt, so subtil wurden die bunten Fäden eingeflochten. Sie beugte sich neugierig weiter vor und wäre am liebsten noch viel näher herangekrochen. Die neuen Farben gingen alle von derselben Stelle aus, von einem Punkt weit unter der Wasseroberfläche. Die hauchzarten Fäden fächerten auseinander und flochten sich in das Weißblau hinein, ließen es noch heller leuchten und der tanzende Derwisch am Ufer bekam wahrscheinlich nicht das Geringste davon mit.

Dann hielt der Hexer an.

Offensichtlich völlig außer Atem, beugte er sich zur Erde und zog einen rotglühenden Stein aus seinem Leuchtfeuer heraus – vielleicht war es auch eine Kugel.

Dann warf er das Ding auf den Boden, als hätte er sich verbrannt.

Als er sich erneut bückte, erkannte Lea, dass der Stein in einem Eimer gelandet war, aus dem nun die Funken sprühten. Der Hexer hängte ihn ans Ende seines Stabes, hob ihn an und hielt ihn über die Quelle.

Eine heftige Windböe brachte das Konstrukt zum Schaukeln. Ein breiter Strahl aus blauglühendem Wasser schoss nach oben und riss dem Mann den Eimer aus der Hand.

Ein glitzerndes, strahlendes Feuerwerk aus gleißendem Rot und Gold und Blau und Weiß explodierte dicht über der Oberfläche, dann tauchte der Eimer samt Stein unter, zischte, dampfte, brodelte und wurde sofort wieder nach draußen geschleudert. Der Stein traf den alten Mann mitten in die Brust und warf ihn auf den harten Boden, der Eimer landete scheppernd irgendwo daneben.

Stille.

Der Hexer rührte sich nicht und es wurde schwarz.

* * *

Fynn schleppte sich ans Ufer und blieb schwer atmend auf dem Rücken liegen.

Es war allzu verführerisch, nach der Magie der großen Mutter zu greifen, die tief unter seiner Höhle wohnte. Aber wenn er sich zu schnell erholte, würde der Hexer misstrauisch werden.

Korbinian hatte sich inzwischen wieder aufgerappelt und kam schnaufend auf ihn zu. »Hat es geklappt?«, krächzte er.

Fynn wandte sich um und versuchte, im Licht des Mondes etwas zu erkennen. Aber nach der ganzen Anstrengung funktionierte seine Nachtsicht nur sehr eingeschränkt.

»Ich denke schon«, brachte er heraus.

»Danke«, sagte der Mann und ließ sich auf den Rücken neben ihn fallen. Fynn hoffte nur, dass der Hexer bald verschwinden würde. Er wollte die magische Quelle benutzen und er würde viel lieber mit jemand anderem in den Nachthimmel schauen.

* * *

Nach einer Ewigkeit, in der einfach rein gar nichts passierte, beschloss Lea zurück zur Hütte zu gehen. Die Männer waren beide noch am Leben, so viel hatte sie an den Bewegungen erkannt. Aber sie waren anscheinend zu erschöpft, um aufzustehen.

Wäre Fynn alleine dort unten gewesen, hätte sie keine zwei Sekunden gebraucht, um bei ihm zu sein. Aber so?

Außerdem wurde ihr langsam ziemlich kalt.

Sie zog ihr Handy aus der Tasche und benutzte den Taschenlampenmodus, um sich beim Abstieg nicht alle Knochen zu brechen. Diesmal schien ihr der Weg gar nicht so weit, vielleicht, weil sie ungefähr wusste, wo sie hinmusste.

Sie war unheimlich erleichtert, als sie trotz der Dunkelheit den Baumstamm-Elefanten erkannte und bog in Richtung Hütte ab.

Sicher, den richtigen Weg gefunden zu haben, war sie allerdings erst, als sie fast gegen die Hauswand lief. Sie war einfach nur glücklich, dass sie sich nicht verlaufen hatte, ging sofort hinein und betätigte den Lichtschalter.

Aber nichts geschah.

So ein Mist.

Sie schnappte sich eine Jacke und ging mit dem Handy als einzige Beleuchtung weiter zum Schuppen. Der Generator war aus. Kein Wunder, sie hatte vergessen, ihn auszuschalten und jetzt war der Tank leer. Sie stellte das Handy ab, füllte den Tank auf und versuchte, das gute Stück wieder anzuwerfen.

Aber auch nach wiederholtem Ziehen rührte er sich einfach nicht.

Mit einem schweren Seufzen starrte sie etwas ratlos auf ihr Handy. Der Akku würde nicht die ganze Nacht halten, wenn sie die Taschenlampe im Dauerbetrieb laufen ließ.

Also musste sie sich etwas anderes überlegen.

Da knackte es im Unterholz und ihr Herz nahm Anlauf für einen Sprint.

Bitte, lass es Fynn sein.

Das leise Glühen zwischen den Baumstämmen ließ sie erleichtert aufatmen.

»Alles in Ordnung?«, fragte sie sofort.

»Sicher. Ich musste warten, bis er weg ist, und wollte nur kurz sehen, ob du gut nach Hause gekommen bist.«

»Sieht so aus.« Sie schlang die Arme um ihren Oberkörper, weil sie vergessen hatte, die Jacke zuzumachen.

»Gut.« Er klang fast, als würde er sich sofort wieder umdrehen und verschwinden wollen.

»Könntest du vielleicht noch mal an dem Generator ziehen?«, fragte sie schnell. Sie hatte die vage Hoffnung, dass das Ding nicht kaputt, sondern einfach nur störrisch war.

Er antwortete nicht, sondern kam sofort zu ihr. Lea spürte seine Wärme und fühlte sich gleich nicht mehr so unwohl in der finsteren Kälte.

Er starrte das Gerät einen Moment lang an, dann griff er nach der Reißleine. Ein Versuch, noch einer, und ein dritter, aber nichts rührte sich. »Tut mir leid, diesmal möchte er nicht mit mir reden.«

»Ich glaube, das Ding ist einfach nur im Eimer.«

»Nein, den hat der Hexer wieder mitgenommen.«

Sie lachte leise. »Ich meine, der Generator ist wahrscheinlich kaputt.«

»Oh.«

»Das heißt, kein Licht für mich in dieser Nacht.«

Kapitel 20

»Ach nein?«, fragte Fynn mit einem amüsierten Lächeln auf den Lippen.

Lea sah ihn aufmerksam an. Er nahm ein Stück Rinde vom Boden und dann floss bläulich glühendes Wasser aus seinen Fingern, sammelte sich in der Rindenschale, wirbelte in hauchzarten Schlieren umeinander, schwappte sanft und leise in dem dunklen Holz bald hierhin, bald dorthin, und malte eine gespenstisch schöne Lichtkugel in die Finsternis.

Er ging mit dem Gefäß nach drinnen und stellte es vorsichtig auf den Tisch. Lichtflecken wippten über die Wände. Lea stand völlig still und bewunderte das sanfte, blauweiße Glühen, das aus der Schale quoll und lebendige Muster an die Decke zeichnete. Glitzernde Spiegelwellen, die in der Rinde tanzten.

»Es ist wunderschön.« Vor allem verscheuchte es die Dunkelheit und erzeugte ein heimeliges Gefühl in ihrer Magengrube.

»Es ist ein Geschenk, du kannst es behalten, aber morgen früh wird der Zauber verflogen sein.«

»Danke«, sagte Lea.

Er nickte und wollte sich abwenden, aber sie griff nach seiner Hand.

»Bitte – bleib.«

Er blieb stehen, drehte sich aber nicht um. »Ich denke nicht, dass das eine gute Idee ist.«

»Aber warum nicht?« Sie musste endlich wissen, was sein Verhalten zu bedeuten hatte.

Diesmal drehte er sich um.

Er hob seine Hand und strich durch ihr Haar.

»Du wirst wieder gehen«, sagte er schlicht. »Du gehörst hier nicht her.«

Kein Vorwurf, nur eine simple Feststellung.

Und natürlich hatte er recht. Das Haus gehörte ihr nicht, es gehörte ihrem Chef und der wollte hier Urlaub machen – bald.

»Vielleicht kann ich etwas mit meinem Chef aushandeln. Ich könnte ihm Miete zahlen. Sobald meine Selbstständigkeit läuft, kann ich von überall aus arbeiten. Und ich brauche ja nicht viel zum Leben. Hey, wenn du mich ausreichend mit Beeren und Pilzen versorgst, dann brauche ich gar nichts.«

Er legte seine Finger auf ihre Lippen. Ein Prickeln breitete sich bis in ihre Magengrube aus.

»Zur Not esse ich auch Maden«, flüsterte sie gegen seine Haut.

»Du stirbst«, sagte er schlicht und ließ die Hand wieder sinken.

»Du meinst, ich bin krank?«

Er lächelte traurig. »Nein. Jeder Mensch stirbt – sein ganzes Leben lang.«

Ihre Brust zog sich zusammen wie ein welkes Blatt. »Du nicht?« Leas Stimme kiekste.

»Nein. Nicht solange die Quelle existiert.«

Alle Vampirgeschichten, die ihr jemals untergekommen waren, spülten durch ihren Kopf. Gedanken an Highlandermärchen und Sagen von Unsterblichen schlugen über ihr zusammen und drohten sie zu ersticken. Keine einzige davon hatte ein gutes Ende. Entweder wurde die Erwählte auch zum Vampir oder er sah ihr dabei zu, wie sie alt und faltig wurde, um dann für immer mit gebrochenem Herzen weiterzuleben.

Sie konnte verstehen, dass er das nicht wollte. Sie würde es selbst nicht wollen – wahrscheinlich.

»Aber heute lebe ich noch«, flüsterte sie. Sie weigerte sich, an irgendetwas anderes zu denken.

»Was ändert das?« Seine Stimme klang heiser.

»Dass ich noch da bin. Es heißt, bleib hier, bei mir, im Jetzt, nur für heute Nacht. Was morgen ist, das … das sehen wir morgen.« Ihr war klar, dass sie verzweifelt klang, aber das machte ihr nichts. »Ich will nicht alleine sein.« Noch leiser. »Ich will nicht ohne dich sein.«

Im Wippen des Zauberlichts, sah sie, wie er mit sich kämpfte. Widerstreitende Gefühle malten sich auf seinen Zügen ab. »Nur für heute Nacht«, sagte er schließlich.

Und der Text eines alten Liedes kam ihr wieder in den Sinn. *Wir haben heute Nacht, wer braucht schon morgen?*

* * *

Fynn lag neben ihr auf dem Bett, sie starrten schweigend an die dunkle Decke. Er hatte sich wieder auf das Sofa legen wollen, aber Lea wollte das nicht zulassen. Und jetzt waren sie hier.

Das Fenster stand offen, Grillen zirpten, die Lichtschale schickte ihre tanzenden Lichter durch die geöffnete Tür.

Fynn musste zugeben, dass es im Bett längst nicht so unbequem war wie auf dem durchgesessenen Sofa. Ja, es kam ihm fast so weich vor wie die kleine Moosinsel hinter dem Feenweiher.

Er sollte nicht hier sein. Würde ihn die Herrin des Waldes dafür bestrafen?

Warum war er nicht einfach gegangen?

Was war dieses Gefühl, dieses warme Ziehen, das ihn immer wieder zu ihr zurücktrieb. Das ihn entgegen aller Vernunft dazu brachte, sie zu Zauberritualen mitzunehmen, ihr Lichtmagie in die Wohnung zu stellen und neben ihr in einem Bett zu liegen?

Eine Erkenntnis vibrierte am Rande seiner Wahrnehmung.

»Ist Fynn eigentlich dein richtiger Name?«, flüsterte Lea.

Er erschrak ein bisschen, sie schlief doch noch nicht.

»Ich meine«, fuhr sie fort, »du bist doch eine Quelle, ein Fluss oder ein See, wieso hast du einen menschlichen Namen?«

»Wegen eines kleinen Jungen.« Er lächelte traurig bei der Erinnerung. »Meinen echten Namen können Menschen nicht aussprechen.«

»Aber du kannst ihn aussprechen?«

»Natürlich.«

Sie drehte sich auf die Seite und sah ihn erwartungsvoll an. Er setzte sich aufrecht hin, hielt die Handfläche der linken Hand nach oben und verwandelte die Finger der rechten in Wasser. Die Flüssigkeit sprang gurgelnd und sprudelnd in die Schale der linken. Als er sich wieder zurücklehnte, waren beide Hände wieder aus Fleisch und Blut. Lea sah ihn fasziniert an.

»Das ist ein wunderschöner Name.«

Ihm wurde warm ums Herz. Er lächelte leise und Lea drehte sich nachdenklich wieder auf den Rücken. »Ich glaube, du hast recht«, sagte sie. »Das könnte ich niemals aussprechen.«

Der Stich in seinem Magen war kaum zu spüren, aber er war da.

»Und wieso ausgerechnet Fynn? Wer war der Junge, der dir deinen Namen gegeben hat?«

»Er war damals oft mit seinen Eltern hier oben im Wald, hat gerne Steine ins Wasser geworfen, viel gesungen, viel gelacht und machte sich Gedanken um die Tiere. Du hast mich ein bisschen an ihn erinnert.« Er sah sie mit einem kleinen Lächeln an. »Ich habe mit ihm gespielt, ihn nassgespritzt, seine Steine weiter über das Wasser springen lassen als die seines Vaters. Ich habe für ihn Lieder gesungen und einmal habe ich ihn über eine

Pfütze laufen lassen, ohne dass er eingetaucht ist. Er hatte eine Menge Spaß dabei – ich auch. Es war ein bisschen Abwechslung vom immer gleichen Trott des Waldes. Es war herrlich.«

Es war ein unglaublich seltsames Gefühl, diese Geschichte zum ersten Mal laut auszusprechen, als ob sie erst dadurch Wirklichkeit würde. Fynn machte eine kurze Pause und rechnete damit, dass sie ihn unterbrach, aber das tat sie nicht. Lea hielt den Atem an und wartete geduldig darauf, dass er weitersprach.

»Es war wunderbar, bis zu dem Tag, als ich mich entschloss, einen kleinen Wasserfall für ihn rückwärts fließen zu lassen. Der Junge hatte eine Menge Spaß dabei, aber seine Mutter hat es gesehen und … sie hat mich für den Teufel gehalten.«

»Du hast dich ihnen gezeigt?«, flüsterte Lea mit großen Augen.

»Nein. Das Wasser, das den Berg hinauffloss, hat ihr gereicht. Ich höre noch heute ihre Schreie in das Tal hinunterstürzen. Sie haben ihr Kind gepackt und sind nie mehr in den Wald zurückgekehrt. Ich habe keinen von ihnen je wiedergesehen, und auch die anderen Menschen sind lange Zeit nicht wiedergekommen.« Deshalb war es ihm auch so schwergefallen, sich ihr zu offenbaren. Beim letzten Mal hatte es in jahrelanger Einsamkeit geendet. Es war viel sicherer, sich versteckt zu halten und aus der Sicherheit des Wassers zu lauschen. Dann gab es keine Schreie, keine Angst und viel mehr Gesellschaft.

»Und der Junge, er hat dir deinen Namen gegeben?«

»Nein. Er ist niemals auf die Idee gekommen, mich zu benennen. Wir waren Freunde. Echte Freunde brauchen keinen Namen.«

»Es war *sein* Name.« Leas Flüstern war kaum zu hören.

Fynn antwortete nicht, sondern nickte.

Es machte ihn traurig, an den Jungen zu denken, denn natürlich war der inzwischen gewachsen, älter geworden und irgendwann gestorben. So wie alle Menschen. Wie es

Lea auch ergehen würde. Die Herrin des Waldes hatte recht. Es war dumm, sich an die Sterblichen zu binden. Die Geschichte der unglücklichen Nymphe kam ihm wieder in den Sinn.

Es war wirklich dumm.

Trotzdem wehrte er sich nicht, als er spürte, wie sich ihre Hand in seine legte.

»Vermisst du ihn?«, fragte Lea.

»Jeden Tag.« Fynn war selbst verwundert über seine Antwort. Eigentlich hatte er das Gefühl gehabt, dass er lange nicht an den Jungen gedacht hatte. Aber jetzt, da die Worte einmal über seine Lippen waren, konnte er spüren, dass sie stimmten.

Ihre Finger drückten seine und das vertrieb die ungewohnte Enge in seiner Brust ein wenig.

»Hat euer Zauber eigentlich geklappt?«, fragte sie und er war erleichtert, dass sie das Thema wechselte. Als hätte sie gespürt, wie ihn die alten Gedanken bedrückten.

»Ich denke, der Hexer ist zufrieden. Aber ob es funktioniert hat, muss sich erst noch zeigen.«

»Was war dieses violette Licht, das sich im Wasser ausgebreitet hat?«, fragte sie und fast hätte er sich vor Schreck in seine flüssige Form verwandelt.

»Was meinst du?«, fragte er, mehr, um Zeit zu schinden, als alles andere. Ja, er hatte sich gewünscht, dass sie eine gute Sicht auf die Dinge bekam, er wollte, dass es ihr gefiel. Und auch diese Erkenntnis überraschte ihn ein wenig. Aber das, was sie jetzt beschrieb, hätte sie gar nicht erkennen dürfen. Nicht einmal dem Hexer war das aufgefallen. Und sie war schließlich immer noch ein unerfahrener Mensch. Selbst mit dem Talisman dürfte sie solche subtilen Unterschiede nicht erkennen.

»Na, du schimmerst in so einem bläulichen Weiß, eben genau so, wie das Licht aus der Schale.« Sie deutete ins Wohnzimmer, aus dem die Lichtflecken ins Zimmer flossen und über die Wände tanzten. »Aber im See, da waren auch andere Farben, violette und rosafarbene

Fäden, die sich … unter dich gemischt haben. Es sah so aus, als würden sie alle von derselben Stelle, ganz unten, am Grund der Quelle ausgehen.«

Sie sah ihn mit wachsendem Interesse an. Er fühlte sich ertappt. Wenn *sie* es bemerkt hatte, wusste der Hexer es dann auch? Hatte er die Sinne der Menschen so falsch eingeschätzt? War es nur eine Frage der Zeit, bis der Hexer den Zugang zur Höhle fand?

»Du musst es mir nicht sagen, wenn du nicht willst. Ich wusste nicht, dass es ein Geheimnis ist.«

Erleichterung breitete sich in ihm aus. Und mit ihr die Gewissheit, dass er es ihr erklären wollte. Zumindest einen Teil.

»Es ist tatsächlich ein Geheimnis. Das heißt, du darfst es niemals jemandem erzählen. Keinem Menschen, keinem Tier und keiner Pflanze.« Er sah sie ernsthaft an und Lea nickte mit großen Augen. Sie rückte näher und eine schimmernde Blase aus Flüssigkeit wölbte sich über ihnen und hielt seine Worte zwischen ihnen gefangen. »Magie ist wie Wasser.«

Sie nickte aufgeregt, denn das hatte er natürlich bereits erzählt.

»Genau wie Wasser gibt es in der Erde Quellen, aus denen die Magie heraussprudelt. Sie fließt direkt aus Gayas Schoß, unserer großen Mutter. Unten im Felsen, unter meiner Wasserquelle, liegt eine solche Quelle der Magie. Sie sprudelt dort schon seit Anbeginn der Zeit, viel länger, als ich auf dieser Erde wandle.« Er machte eine kurze Pause und betrachtete genüsslich ihr Staunen. »Das ist es, was du gesehen hast. Denn der Zauber, den der Hexer ausführen wollte, war unheimlich anspruchsvoll, deshalb habe ich mir Hilfe geholt und deshalb ist er auch so gefährlich.«

»Gefährlich?«

»Verjüngung geht gegen die Natur. Dafür die Kräfte der Natur selbst zu verwenden, ist widersinnig und deshalb weiß man nie genau, was dabei herauskommt.«

»Lebensgefährlich?«, fragte sie.

Er nickte und als sie ihn schockiert ansah, fügte er schnell hinzu. »Der Hexer war sich der Gefahren durchaus bewusst.«

Lea seufzte. »Es sah trotzdem unglaublich schön aus.«

Es wäre sogar noch wesentlich schöner gewesen, wenn sie unten in der Höhle direkt vor der Quelle gestanden hätte. Aber das sagte er nicht. Denn das würde sie niemals sehen dürfen.

Also nickte er nur.

»Kann man dorthin?«

Er sog scharf die Luft ein. »Theoretisch.«

»Aber Menschen nicht.«

Klang sie beleidigt?

»Es ist gefährlich. Es gibt nur einen Weg hinein und der führt direkt durch den Strudel in meiner Quelle.«

* * *

»Das heißt, ich wäre gar nicht ertrunken?« Diese Erkenntnis schmerzte Lea. Er hatte ihr gar nicht das Leben gerettet, er hatte nur verhindert, dass ein Sterblicher die Quelle unter der Erde fand. War es das?

Ein Sterblicher, der von den Geheimnissen der Magie ferngehalten werden musste, war das alles, was sie war? Aber warum hatte er ihr dann die Feen gezeigt? Sie betrachtete die durchscheinende Wassersphäre über sich.

»Doch, natürlich wärst du das.« Seine Stimme war kühl und irgendwie machte es das gleichzeitig besser und schlechter. Aber sie glaubte ihm.

»Ich dachte …«, setzte sie an.

Er holte einmal tief Luft und sie wurde das Gefühl nicht los, dass er ihr jetzt noch ein Geheimnis erzählen würde, ein weit größeres sogar als eben. »Am Anbeginn der Zeit lag eine magische Quelle tief im Innern des Felsen, mitten in einer gigantischen Höhle. Es gab nur einen Zugang, einen kleinen Schacht, genau unter der Stelle, wo heute meine Quelle entspringt. Aber als die

Jahre vergingen, haben sich immer häufiger Tiere und auch Mensch hinein verirrt und den Fluss der Magie gestört. Manche haben sogar versucht, ihn absichtlich zu manipulieren. Deshalb hat die Herrin des Waldes eine Quelle aus Wasser geschaffen. Sie hat mich erschaffen. Der Strudel sorgt dafür, dass jedes Wesen ertränkt wird, bevor es die Quelle der Magie entdecken kann. Gleichzeitig gewährt sie einen einfachen Zugang, wenn man weiß, dass er da ist. Man muss absichtlich darauf zuhalten und trotzdem riskiert man noch sein Leben.«

Lea staunte. »Aber da unten gibt es wieder Luft?«

Er nickte. »Luft und einen kleinen See. Aber …«

»Schon klar, nichts für Menschen.« Das erinnerte sie wieder daran, dass das hier ihre letzte Unterhaltung sein könnte und diese Erkenntnis biss ihr mit spitzen Zähnen tief ins Herz. »Wer ist eigentlich diese Herrin des Waldes?«, fragte sie schnell.

»So wie jeder größere See einen Wassergeist besitzt, hat auch jeder größere Wald einen Waldgeist. Wir sorgen dafür, dass unsere Quellen sauber bleiben, kümmern uns um die Natur und helfen den Pflanzen beim Wachsen, beschützen sie vor Hexen und anderen schädlichen Einflüssen.«

»Wie Menschen.«

»Wenn es sein muss.«

Lea schwieg und versuchte, das alles zu verdauen.

Die bläulich schimmernde Blase aus einer dünnen Wasserschicht wölbte sich immer noch über ihnen und wirkte wie die Oberfläche eines kühlen, tiefen Sees, der im Sonnenschein glitzerte.

Sie drehte sich zur Seite, streckte ihre Hand danach aus und spürte die Feuchtigkeit; sah, wie die kleinen Wellen an ihrem Finger kleben blieben, als sie ihre Hand zurückzog. Dann löste sich die magische Flüssigkeit wieder und wippte in ihre ursprüngliche Form zurück, versetzte die ganze Sphäre in Schwingungen und platzte dann mit einem zärtlichen *Plopp*.

Nacht und Schwarz und Stille.

»Würdest du mich festhalten?«, flüsterte Lea.

Ein Rascheln, die Matratze wippte und sie schloss die brennenden Augen, weil er sicher verschwunden war.

Doch sein Arm legte sich schwer und warm um ihre Taille und zog sie eng an seinen Körper. Erleichterung und Wehmut spülten kalt und heiß durch ihren Körper.

Lange lag sie einfach nur da, blickte in die Dunkelheit und spürte seinen warmen Atem zärtlich durch ihren Nacken streichen.

Kapitel 21

Eine ziemlich penetrante Stimme sickerte leise in ihr Bewusstsein. Lea brummte, drehte sich auf den Bauch und zog sich ein Kissen über den Kopf.

Aber die Stimmen wurden lauter.

Stimmen?

Sie lugte unter dem Kissen hervor und blinzelte in die Morgensonne hinein.

Fynn war verschwunden. Natürlich.

Die Stelle, an der sich ihr Herz befinden müsste, fühlte sich leer und blutig an. Als wäre ihr wichtigstes Organ mit Wucht herausgerissen worden.

Unsterblich.

Wieso musste sie sich ausgerechnet in einen Waldgeist verlieben?

Müde streckte sie die Arme über die Matratze. Das Bett neben ihr war noch warm.

Hieß das, er war gerade noch hier gewesen? Ihr eben noch verlorenes Herz begann von neuem zu wachsen.

Aber warum war er verschwunden, ohne einen Ton zu sagen?

Da hörte sie wieder die Stimmen aus dem Wald zu ihr heraufschallen.

Sie richtete sich auf, gähnte und versuchte, richtig wach zu werden.

Der fantastische Traum, von einem bunten Voodootanz an einer magischen Quelle? Der war tatsächlich real gewesen. Dass Fynn unsterblich war und sich wieder zurückgezogen hatte? Auch real.

Und was sollte sie nun machen? Ihre Gefühle konnte sie dummerweise nicht einfach abschalten. Und solange solche *Nebensächlichkeiten* der Grund für seine Ablehnung war, weigerte sie sich, ihn einfach so aufzugeben.

Vielleicht gab es ja doch noch irgendeine Möglichkeit. Und wenn nicht … war es denn so schlimm, ihr beim Schrumpeln zuzusehen?

Der Krach im Wald kam ihr als Ablenkung ganz recht. Sie schwang die Beine aus dem Bett, fuhr sich kurz durchs Haar und zog die Kleider vom Vortag zurecht. Mal sehen, wer da durch den Wald polterte.

Anschließend würde sie einen neuen Generator besorgen, Fynn wiederfinden und … der Rest würde sich dann schon ergeben.

Sie warf einen sehnsüchtigen Blick auf das Bett, wenn es doch für immer so sein könnte wie letzte Nacht, wenn sie doch auch unsterblich wäre.

Obwohl, wollte sie das wirklich? Dann würde nämlich ihre gesamte Familie vor ihren Augen schrumpeln und sterben. Das war auch nicht gerade eine tolle Aussicht.

Dann müssten die einfach auch unsterblich sein … ihre Mutter, ihre Großmutter, Bibi, ihr Vater, dessen neue Frau, deren Kinder und … das hörte ja gar nicht mehr auf.

Konnten nicht einfach alle Menschen ewig leben?

Und dann, liebe Lea?

Die Überbevölkerung lässt doch jetzt schon grüßen.

Es war zum Verzweifeln.

Zum Glück musste sie nicht alle Probleme der Menschheit noch vor dem Frühstück lösen.

Sie konzentrierte sich fürs Erste einfach auf die Stimmen im Wald und ging zur Tür.

Sie hatte gerade zwei Schritte nach draußen gemacht, da erschien auch schon ein Wanderer. Lea wäre beinahe rückwärts umgekippt, als sie ihn erkannte.

Da stand ihr Chef. Mit Halbglatze, Hornbrille und grüner Lederhose hatte er eine frappierende Ähnlichkeit mit dem *letzten Fußgänger*. Schweiß stand ihm auf der Stirn und in jeder Hand hielt er einen großen Koffer. Sie konnte sich im Leben nicht vorstellen, wie er die beiden Dinger den Berg herauf geschleppt hatte, ohne dabei in Ohnmacht zu fallen.

Er setzte sein Gepäck mit einem tiefen Seufzen ab, hängte die Daumen in die Hosenträger über dem rot karierten Hemd und versuchte, zu Atem zu kommen.

Dann drehte er sich herum und rief in den Wald hinein. »Henriette, wo bleibst du denn?«

Als Antwort kam nur ein Schnaufen.

»Ich hab dir doch gesagt, du sollst keine Stöckelschuhe anziehen. Aber nein, du wolltest ja nicht hören.« Er zog ein riesiges weißes Stofftaschentuch aus seiner Hosentasche und tupfte sich die Stirn ab.

Lea musste sich das Lachen verkneifen, Herr Walter in Lederhosen, das war einfach ein Bild für die Götter. Sie hatte nur Mitleid mit der armen Frau. Nicht nur wegen des Outfits ihres Mannes. Ihr selbst war der Aufstieg ja schon schwergefallen, aber sie hatte immerhin Turnschuhe getragen.

Als Frau Walter endlich zwischen den Bäumen zum Vorschein kam, sah sie furchtbar aus. Ihr goldblondes Haar, das irgendwann sicher mal eine moderne Hochsteckfrisur gewesen war, sah nun aus wie ein zerrupftes Vogelnest, aus dem sogar noch ein kleiner Tannenzweig herausstach. Und der schicke, *weiße* Hosenanzug hatte definitiv auch schon bessere Zeiten erlebt. Jetzt zierte ihn ein großer Moosfleck über dem rechten Knie und die passende Jacke über der korallfarbenen Bluse hatte ein paar hübsche Matschpunkte auf der rechten Seite abbekommen.

Völlig erschöpft blieb Frau Walter neben einer Tanne stehen und stützte sich an dem rauen Stamm ab. Nur, um sofort wieder loszulassen und angewidert das Harz an ihren Händen zu betrachten.

»Ich muss mich setzen«, sagte sie verzweifelt und damit hielt sie zielstrebig auf die Tür zu.

»Sie sehen überrascht aus«, sagte Herr Walter zu Lea und schob das Taschentuch zurück in seine Hose. »Ich hatte Sie doch gestern extra angerufen, dass wir früher kommen und heute bereits anreisen.«

»Es tut mir leid, aber der Empfang hier oben ist so miserabel, dass ich kein einziges Wort verstanden habe.«

»Na ja, daran ist jetzt wohl auch nichts mehr zu ändern. Gehen Sie doch bitte in die Stadt und besorgen noch ein paar Kleinigkeiten für uns, bevor Sie sich auf den Rückweg machen. Sprechen Sie dafür am besten mit meiner Frau. Ich bin mir sicher, dass sie ihre ganz eigenen Vorstellungen davon hat, was noch fehlt.« Er zwinkerte ihr verschwörerisch zu.

Leas Brust schrumpelte augenblicklich auf die Größe einer Rosine zusammen.

Abreisen? Jetzt? Aber sie wollte doch bleiben. Und was war mit Fynn? Sie konnte doch nicht einfach so verschwinden, ohne sich zu verabschieden.

Da trat Frau Walter mit einem Papiertuch in der Hand wieder aus der Wohnung heraus. »Gibt es hier denn nicht einmal Öl oder wenigstens Margarine? Wie soll ich denn das Zeug wieder von meinen Fingern bekommen? Manni, ich brauche meine Schminktasche. Und überhaupt, wie sieht es hier eigentlich aus. Das ganze Bett ist zerwühlt, es ist *nichts* im Kühlschrank.«

So ganz stimmte das ja wohl nicht.

»Frau Behrens hat noch nicht mit uns gerechnet, Schatz. Sie ist gerade auf dem Weg in die Stadt und bringt dir alles mit, was du dir wünschst. Außerdem bin ich mir sicher, dass sie schnell noch sauber macht, während wir uns ein bisschen ausruhen.«

Frau Walter legte unglücklich den Kopf zur Seite. »Ich weiß nicht, also mir gefällt es hier absolut nicht.« Sie rieb immer noch an ihrer verharzten Hand herum. »Überhaupt, du hast die ganze Zeit von einer idyllischen kleinen Hütte am Fuße eines Berges erzählt. Nicht von einem modrigen Bretterverschlag mitten im Urwald neben einem … Felsen.« Sie nickte mit dem Kinn in die Richtung, in der Fynns Quelle lag.

»Aber Liebes, der Wald ist doch sehr idyllisch und die Hütte ist zwar klein, aber sie ist auch unglaublich gemütlich. Warte nur, bis du die Badewanne siehst und es gibt sogar eine völlig normale Toilette.«

»Ein *heißes* Bad?« Frau Walter klang schon halb versöhnt.

»Äh, also das mit dem Bad könnte schwierig werden«, sagte Lea vorsichtig.

»Was meinen Sie damit?« Frau Walters Stimme wurde scharf und ein wenig ungehalten.

»Der Generator ist gestern Abend kaputtgegangen.«

»Kein Strom und kein warmes Wasser?« Ihre Stimme überschlug sich und sie wandte sich an ihren Mann. »Du erwartest doch wohl nicht im Ernst, dass ich hierbleibe, oder? Da wäre ja jede Jugendherberge besser. Wasser-Klosett hin oder her.«

»Aber das warme Wasser reparieren wir ja gleich und außerdem wolltest du doch …«

Er unterbrach sich selbst, als ein weiterer Mann atemlos zwischen den Bäumen heraustrat. Klein, untersetzt, Lea erkannte ihn sofort wieder. »Hab ich doch richtig gesehen«, schnarrte der Mann aus dem Baumarkt. »Wer sonst fährt einen schreiend roten 95er Jaguar Roadster mitten durch die Berge?«

»Reisig?« Dem Chef fielen fast die Augen heraus. Aber er fing sich sofort wieder. »Du hast hier nichts zu suchen. Das ist ein Privatgrundstück.«

»Wenn du eine Campingtoilette hättest und den Inhalt fachgerecht entsorgen würdest, wärest du wahrscheinlich im Recht. Aber wie ich bereits vermutet habe, dürfte sich hier irgendwo eine Sickergrube befinden und damit verstößt du ganz eindeutig gegen das Gesetz.«

»Ich habe keine Sickergrube und du wirst dich verdammt schwer damit tun, mir das Gegenteil zu beweisen.« Der Chef funkelte den ungebetenen Besucher wütend an.

»Das muss ich gar nicht. Deine Frau hat es doch gerade selbst gesagt. Es gibt ein Wasser-Klosett für deine Liebste. Und ich kann mir auch schon gut denken, wo sie sich befindet. Das heißt, alles was ich brauche, ist ein Spaten und ein bisschen Geduld. Aber wie ich dich kenne, wird die Erde zur Abdeckung nicht besonders dick sein. Du kannst dir selber ausrechnen, ob ich die entsprechende Erlaubnis bekomme.«

Das Gesicht des Chefs lief krebsrot an. »Wag dich ja nicht, hier mit einer Schaufel aufzutauchen. Dann rufe ich die Polizei.«

»Mach das ruhig, die können dich dann gleich zu einer Befragung mitnehmen. Solche Vergehen nehmen wir hier oben nämlich ziemlich ernst.«

»Ach ja? Wenn du es wagst, hier zu buddeln, kannst du dich auf Post von meinem Anwalt freuen«, zischte der Chef.

»Tu dir keinen Zwang an. Aber das wird in jedem Fall so richtig teuer für dich, da kannst du Gift drauf nehmen. Ich bin nämlich im Recht und das weißt du auch.«

»Das werden wir ja sehen.«

Aber der kleine, runde Mann blieb völlig ruhig und ein gehässiges Grinsen breitete sich auf seinem Gesicht aus. »Das werden wir … das werden wir.« Damit drehte er sich wieder herum und marschierte sehr guter Dinge wieder den Berg hinunter.

***

Lea sah dem kleinen Mann hinterher, der sich durch das knackende Unterholz schob.

»Was hat der denn gegen Sie?«

Aber ihr Chef qualmte immer noch und grummelte nur wütend vor sich hin.

»Mein Mann hat ihn in der Schule gemobbt.«

»Henriette!«

»Ist doch wahr.« Sie zuckte mit den Schultern. »Früher hast du sogar damit angegeben.«

»Und du hast mich deshalb cool gefunden.«

»Trotzdem, Manfred, ich hab dich *trotzdem* gemocht. Ich hab immer gewusst, dass mehr in dir steckt als ein rüpelhafter Schläger. Und wenn du dich kurz vor der Abschlussprüfung nicht ordentlich am Riemen gerissen hättest, wer weiß, dann wäre ich heute vielleicht mit *ihm* verheiratet.«

Wieder grummelte ihr Chef vor sich hin und kickte mit dem Wanderschuh in den feuchten Untergrund.

»Auf jeden Fall habe ich nicht vor, hierzubleiben und abzuwarten, bis er mit einem Spaten wieder auftaucht«, sagte Frau Walter fest. »Und er wird wieder auftauchen, Manfred, das weißt du so gut wie ich. Schlimm genug, dass es keinen Strom und kein warmes Wasser gibt. Aber ich werde meinen Urlaub sicher nicht damit verbringen, ihm dabei zuzusehen, wie er deine Hütte auseinandernimmt. Ich hab dir ja gleich gesagt, das wird nichts. Ich will ans Meer.«

Der Chef stöhnte. »Was willst du denn am Meer?«

»Mich sonnen zum Beispiel.«

»Aber das ist so gähnend langweilig.«

»Für dich vielleicht. Deshalb hab ich mich schließlich auf dieses Experiment hier eingelassen. Aber wir hatten eine idyllische Berghütte mit Badewanne ausgemacht und keinen morschen Bretterverschlag mit Bauarbeiten vor der Haustür.« Sie stemmte die Hände in die schmalen Hüften. »Ich meine es ernst, Manni. Ich weiß nicht, was *du* jetzt machst, *ich* fahre auf jeden Fall weiter.«

»Aber Henriette, jetzt haben wir schon den ganzen Weg auf uns genommen, jetzt können wir doch wenigstens für ein paar Tage …«

Sie räusperte sich.

»Oder für ein paar Stunden …«

Aber seine Frau schüttelte eisern den Kopf.

Ihr Chef ließ ergeben die Schultern sinken und seufzte. »Okay, okay.« Dann sah er mit funkelnden Augen auf. »Aber dafür fahren wir nächstes Mal nach Vegas.«

Sie warf den Kopf zurück und verdrehte die Augen. »Wenn es unbedingt sein muss.« Damit setzte sie sich auch schon in Bewegung, immer den Berg hinunter, Richtung Stadt. Ihr Mann packte die beiden Koffer und folgte ihr ganz aufgeregt. Er schwärmte von den tollen Hotels und all den Shows, die sie in Vegas besuchen konnten. Und Lea meinte zu hören, wie er versuchte, sie zu überreden, sofort dorthin zu fliegen.

Sie ließ sich auf den Baumstumpf fallen, den sie irgendwann mal zum Plastik-schweißen-Üben hergeschleppt hatte und starrte den beiden hinterher.

Sie hatte nicht die geringste Ahnung, was sie jetzt tun sollte. Zum einen nicht, weil sie nicht wusste, was ihr Chef erwartete und zum anderen, weil sie sich absolut nicht sicher war, was sie selber wollte.

Das war nicht ganz richtig. Sie wusste, sie wollte gerne bei Fynn bleiben, aber der sah das offensichtlich ein bisschen anders. Selbst wenn nicht, sie konnte ja schlecht einfach so im Wald wohnen.

Vor allem nicht ohne ein Dach über dem Kopf.

Kapitel 22

Fynn hatte den kleinen Menschenauflauf aus sicherer Entfernung beobachtet. Jetzt trat er aus dem Unterholz heraus.

»Was bedeutet das?«, fragte er.

Lea erschrak nicht und das fühlte sich gut an.

»Ich bin mir auch nicht sicher«, sagte sie. »Sieht so aus, als ob meine Aufgabe hier beendet wäre.«

Er konnte nicht sagen, ob sie froh darüber war.

»Und jetzt?«, fragte er. Fynn konnte selbst einen Tropfen Wehmut hören, der in seiner Stimme mitschwang.

Aber warum?

Hatte er nicht erkannt, dass sie keine Zukunft hatten? Hatte er sich nicht gestern so gut wie verabschiedet?

Seine Brust schmerzte, wenn er an die vergangene Nacht dachte.

»Ich warte erst mal ab, bis der Chef sich noch einmal meldet«, sagte sie. »Mal gucken, was er jetzt vorhat.«

Seine Kehle war trocken bei dem Gedanken, dass sie ihn bald für immer verlassen würde und sein Herz schlug heftig. »Und bis dahin?«, fragte er heiser.

»Ich werde wahrscheinlich noch mal in die Stadt gehen und mich nach einem Generator erkundigen. Wenn er zurückkommen sollte, kann er den gut gebrauchen, wenn nicht, kann man ihn wieder abbestellen.«

»Kann ich mitkommen?« Fynn war selbst überrascht von seiner Frage.

Sie sah ihn neugierig von der Seite an. »Sicher. Aber ich dachte, dir hat die Stadt nicht gefallen. Letztes Mal warst du danach ziemlich … angeschlagen.«

Das stimmte. Die Entfernung zu seiner Quelle hatte ihn ausgelaugt. Und natürlich die Tatsache, dass er vorher so lange Zeit in seiner menschlichen Form verbracht hatte.

Durch den Zauber der letzten Nacht war das jetzt nicht wesentlich anders.

Deshalb war es eine völlig irrationale Entscheidung und trotzdem die einzige, die er treffen konnte. Denn er wusste, dass er sie nicht mehr lange behalten konnte und er wollte jede Sekunde, die ihm noch blieb, auf jeden Fall ausnutzen.

»Solange ich keine großartigen Zauber wirke, sollte das schon in Ordnung gehen.«

»Na dann, meinetwegen sehr gern.« Und das Lächeln in ihrem Gesicht wärmte seine Mitte.

* * *

Lea war völlig aus dem Häuschen. Er wollte mitkommen. Von sich aus!

Das musste doch irgendetwas bedeuten. Es war keine Lösung für das eigentliche Problem, aber es war ein Anfang … vielleicht … irgendwie.

»Ich würde mich vorher nur unheimlich gerne duschen«, sagte sie. Lea fühlte sich nicht richtig schmutzig, aber ihre Sachen waren zerknittert und sie hoffte, dass sie sich nach einer Dusche besser fühlen würde. Auch, wenn das Eiswasserregen bedeutete.

»Das kann ich für dich übernehmen«, sagte Fynn.

Bei der Erinnerung an die letzte *Reinigung* lief ihr eine Gänsehaut über den gesamten Körper.

»Darf ich diesmal die Augen auflassen?«, fragte sie aufgeregt.

Er lächelte sein freundliches, offenes, blondes Lächeln. »Sicher.«

Dann machte er einen Schritt auf sie zu und nahm ihre Hände. Seine Finger verwandelten sich augenblicklich in glasklares Quellwasser und breiteten sich in einer Welle über ihre Handgelenke aus. Das kühle Nass schwappte in ihre Kleider, um ihre Kleider und umhüllte innerhalb weniger Herzschläge in ihren kompletten Körper, aber drang auch in sie ein, in jede Pore. Trotzdem bekam sie Luft, trotzdem konnte sie sehen und doch war er in ihr und um sie und zog sie zu sich heran, nur, um gleich wieder Abstand zu nehmen und Mensch zu werden.

Es war ein merkwürdiges Gefühl. Allumfassend, durchdringend und atemberaubend schön.

Wie eine Ganzkörperumarmung. Sie lächelte, nein, strahlte von innen heraus.

In der Fläche seiner Hand hielt Fynn eine winzig kleine Pfütze brauner Flüssigkeit. Er schloss die andere Hand darüber, violette und rosafarbene Blitze knisterten kurz über seine Finger und als er die kleine Höhle wieder öffnete, lag dort frische, schwarze Erde.

»Und das war alles in mir?«, fragte sie.

»Das waren nur Reste. Letztes Mal war es wesentlich mehr.«

»Das ist unglaublich.« Sie sah an sich hinunter. »Und meine Kleider sind vollkommen trocken.«

»Natürlich. Oder hättest du es gerne anders?«

»Nein. Aber … du machst das nur, indem du das Wasser bittest?«

»Das kann man so sagen, ja.«

»Und Menschen können das nicht lernen?«

»Dafür bräuchten sie schon …« Er hielt inne und sah sie vielsagend an. Oder nachdenklich? Auf jeden Fall wusste sie, was er sagen wollte.

»Einen Funken. Ja, ja, das hatten wir schon.«

Er lächelte und legte ein wenig nachdenklich den Kopf zur Seite.

Lea hatte keine Lust mehr, hier herumzustehen und über all die Dinge nachzudenken, die sie wahrscheinlich niemals haben könnte – Fynn eingeschlossen. Deshalb setzte sie sich in Bewegung. »Komm, dann lass uns Richtung Stadt gehen. Und weißt du was, unterwegs zeigst du mir, wie man im Wald Beeren und so etwas findet. Dann hab ich außer Plastik-Schweißen wenigstens noch etwas Sinnvolles gelernt.« Und es gab etwas *Normales*, über das sie reden konnten.

Fynn übernahm die Führung und zeigte ihr, worauf sie achten musste, welche Beeren man essen konnte, welche man besser mied und warnte sie vor bestimmten Pilzen.

Das alles war gar nicht so einfach, wie sie vermutet hatte. Vor allem bei den Pilzen gab es einige, bei denen der giftige dem essbaren zum Verwechseln ähnlich sah.

»Bei dir sieht das alles so einfach aus.«

»Natürlich tut es das. Ich mache das ja auch schon seit sehr, sehr langer Zeit. Außerdem bist du erst dann ein Meister, wenn die kompliziertesten Dinge aussehen, als wären sie ein Kinderspiel.«

»Du klingst schon wie ein Sprichwörterlexikon. Gib's zu, in Wirklichkeit fragst du einfach das Wasser, wo der nächste Strauch zu finden ist.«

»Das kann schon sein, aber auch das musste ich irgendwann einmal lernen, oder?« Er lächelte aufmunternd. »Gib nicht auf, du brauchst nur ein bisschen Übung, dann klappt das auch bei dir.« Wieder hatte sie das Gefühl, dass etwas Wehmut in seiner Stimme mitschwang. Würde er sie also doch vermissen?

Vielleicht würde sie einfach wiederkommen, egal, was Fynn dazu sagte. Zur Not auch mit einem Zelt. Ihr Vater hatte das alte Ding sicher noch in der Garage. Mann, der würde aus allen Wolken fallen, wenn ausgerechnet Lea ihn nach seiner Campingausrüstung fragte.

Und dann?

Würde das irgendetwas ändern?

Vielleicht nicht sofort, aber mit genug Geduld vielleicht …

Wie hatte Hannibal gesagt? Entweder finde einen Weg oder mach dir einen.

Kapitel 23

Mit einer großen Hand voll Beeren und Pilzen gingen sie schweigend nebeneinander den Berg hinunter. Die Stille hing zwischen ihnen wie ein seltsamer Nebel, kühl und ungebeten, man konnte nur darauf warten, dass endlich die Sonne herauskam und ihn auflöste.

Sie waren noch nicht ganz bei den ersten Häusern der Stadt angekommen, da schepperte Schandmaul aus Leas Hosentasche. Sie zog ihr Handy heraus und hatte ihren Chef in der Leitung.

»Ich habe gerade mit einer Maklerin gesprochen«, sagte er, ohne lange Umschweife. »Ich will die verdammte Hütte loswerden, samt Grundstück. Machen Sie mit ihr doch bitte einen Besichtigungstermin aus.« Er gab Lea eine Adresse durch.

»Soll ich denn überhaupt noch einen Generator besorgen?«

Kurze Stille. »Ja, machen Sie das. Kann den Wert ja nur steigern. Melden Sie sich bitte nochmal, sobald Sie mit der Maklerin gesprochen haben.«

»Das mache ich«, antwortete sie, aber da hatte er bereits aufgelegt.

»Er will verkaufen«, sagte sie völlig perplex zu ihrem Telefon. Das bedeutete, das Haus war frei. Sie starrte ihr Handy an und konnte es überhaupt nicht fassen.

»Was bedeutet das?«, fragte Fynn.

Sie blickte auf. Wenn sie das nur so genau wüsste. »Es bedeutet auf jeden Fall, dass *irgendjemand* es kaufen wird.«

Und sie spürte die Frage, die in der Luft lag. *Ziehst du dort ein?*

Alles in ihr drängte sie in diese Richtung. Plötzlich schien die Vorstellung, ganz alleine im Wald zu leben, gar nicht mehr so befremdlich. Insbesondere dann nicht, wenn ein ganz bestimmter Wassergeist in der Nähe lebte.

Aber erstens konnte sie sich das Grundstück ganz sicher nicht leisten und zweitens musste sie mit Fynn darüber reden, was er wollte. Ja, gestern hatte er noch behauptet, dass er nicht mit ihr zusammen sein könne, aber trotzdem ging er jetzt gerade neben ihr durch die Stadt. Und das, obwohl er sich hier offensichtlich nicht wohl fühlte.

Sollte noch mal einer behaupten, Frauen wären unentschlossen.

Wenn sie später wieder im Wald waren, würde sie ein ernstes Wörtchen mit ihm reden. Sterblich oder nicht, *ein* Leben hatte sie immerhin und im Augenblick fühlte es sich ziemlich unmöglich an, es ohne ihn zu verbringen.

Lea fragte eine freundliche Dame mit Kinderwagen nach der Adresse der Maklerin und so fanden sie schnell das kleine Büro.

Im winzigen Schaufenster hing eine Handvoll Fotos von schnuckeligen kleinen Stadthäuschen. Lea warf einen prüfenden Blick auf Fynn, aber der sah noch gesund und munter aus. Also drückte sie gegen die Tür und trat mit ihrem schweigsamen Begleiter ein.

Hellblauer Teppichboden, weiße Wände und eine Porzellankatze auf dem kleinen Schreibtisch, die mit ihrer goldenen Pfote winkte. Die Frau stand sofort von ihrem Arbeitsplatz hinter dem Steinzeitcomputer auf. Sie war Mitte fünfzig, ihr blonder Bob wirkte vor lauter Haarspray wie ein Motorradhelm. Feine Raucherfältchen umrandeten ihre grellrosa geschminkten Lippen.

»Ja?«, krächzte ihre Stimme.

»Guten Tag, mein Name ist Behrens, ich bin die Assistentin von Herrn Walter. Er hat eben mit Ihnen telefoniert und möchte sein Waldgrundstück verkaufen.«

»Oh.« Die Frau rieb sich nervös die Hände und ihr Blick huschte zur Türe.

Lea sah sie verwirrt an. »Oh?«

»Wissen Sie … ich hatte zwar gesagt, das würde kein Problem werden, aber ich habe eben mit Herr Reisig von der Bauaufsicht gesprochen. Und so, wie es aussieht, gibt es da ein Problem mit dem Grundwasser. Eine nicht genehmigte Sickergrube, wenn ich das richtig verstanden habe. Tut mir leid, aber in so einem Fall kann ich das Grundstück unmöglich verkaufen. Vor allem nicht, wenn auch noch rechtliche Schritte eingeleitet werden … Nein, nein. Damit möchte ich mich nicht herumschlagen müssen.«

»Oh«, sagte Lea.

»Eben«, nickte die Dame.

»Und gibt es noch andere Makler hier in der Nähe?«, fragte Lea.

»Natürlich, aber glauben Sie mir, die werden sich an so etwas auch nicht die Finger schmutzig machen wollen. Selbst wenn Sie einen dazu bekommen sollten, das Grundstück in seinen Katalog aufzunehmen, wird es Jahre dauern, bevor sie dafür einen validen Käufer finden. Ganz bestimmt bis nach den Gerichtsverhandlungen. So etwas kann sich ewig hinziehen.«

»Oh«, wiederholte Lea und kam sich dabei ziemlich dämlich vor. »Danke auf jeden Fall.«

»Keine Ursache. Ich wünsche Ihnen einen schönen Tag.« Sie setzte ein gekünsteltes Grinsen auf und war offensichtlich sehr erleichtert, als ihre *Kundschaft* das Büro wieder verließ.

Lea stand draußen vor dem Schaufenster und war ratlos. Sie rief, wie versprochen, ihren Chef an, der ihr bei der Nachricht halb durchs Telefon entgegensprang.

»Es tut mir leid, aber die Dame meinte, dass Sie wohl auch bei anderen Maklern kein Glück haben würden«, erklärte Lea ihm gerade.

»Der werde ich gleich etwas erzählen.«

»Ich denke nicht, dass sie etwas dafür kann …«

Aber ihr Chef zeterte gleich weiter, ergoss sich in einem Schwall von Schimpfwörtern. »Ich will das blöde Ding doch einfach nur los sein. Wenn ich nur an all den Ärger denke, der jetzt auf mich zukommt. Anwaltskosten, Umbauten und der ganze Rattenschwanz an Papierkram. Alles nur wegen diesem kleinen Widerling.«

»Vielleicht, wenn Sie sich entschuldigen …«, versuchte Lea vorsichtig einzuwerfen.

»Ha! Als ob ich das nicht schon versucht hätte. Er hat damals sogar behauptete, er hätte mir vergeben. So ein hinterlistiger, kleiner …«

Neuerliche Flüche brachen über sie herein.

»Ich kaufe es«, sagte Lea plötzlich und sie wusste selbst nicht genau, wo die Worte herkamen.

In der Leitung wurde es still.

»Das ist nett von Ihnen, aber das kann ich nicht annehmen. Sie wissen gar nicht, was Sie sich damit antun. Solange der Reisig Ihnen an den Fersen klebt, werden Sie ganz sicher nicht glücklich damit.«

Leas Herz summte in ihrer Brust, als sie erkannte, dass es genau das war, was sie wollte. Natürlich brachte es eine Menge Ärger mit sich, aber es fühlte sich hundertprozentig richtig an.

Und ja, Fynn hatte gesagt, dass sie wieder gehen würde, hatte sie mit aller Macht von sich gestoßen. Aber gerade deshalb empfand sie es so, als ob sie auf diese

Weise wenigstens ein kleines Stück von ihm behalten konnte.

»Nein, ich meine das ernst«, sagte sie deshalb fest. »Ich nehme es. Ich meine, ich kann nicht viel bezahlen, aber vielleicht könnten wir ja etwas …«

»Bezahlen? Frau Behrens, wenn Sie mir das Ding abnehmen, dann leg ich Ihnen den neuen Generator noch oben drauf. Aber ich sag Ihnen, Sie machen immer noch einen miesen Tausch.«

»Aber ich möchte das.« Und je länger sie darüber nachdachte, desto besser gefiel ihr die Idee. Sie konnte hier mit Bibi Urlaub machen und ihr Studio einrichten. Selbst wenn Fynn sich entscheiden sollte, nie wieder ein Wort mit ihr zu sprechen, war dieser Wald voller Inspiration. Es war der sprichwörtliche Himmel und über den Rest … darüber würde sie sich Gedanken machen, wenn es soweit war.

Schweigen und Papierrascheln in der Leitung. »Ich rufe Sie später noch einmal an. Aber … sind Sie *vollkommen* sicher, dass es genau das ist, was Sie wollen?«

»Ganz sicher«, sagte Lea fest.

Bisher hatte sie in ihrem Leben immer einen Weg gefunden, das würde sich auch jetzt nicht ändern.

Als sie aufgelegt hatte, grinste sie Fynn an. »Ich glaube, ich ziehe bei dir ein.«

* * *

Lea freute sich, denn ihre Ankündigung hatte den gewünschten Effekt.

Fynn sah sie aus großen Augen an. »Wie meinst du das?«, fragte er.

Sie setzte sich Richtung Baumarkt in Bewegung und erklärte ihm, was gerade passiert war. Während sie die ganzen Probleme vor ihm ausbreitete, wurde ihr erst richtig bewusst, worauf sie sich da eingelassen hatte. Aber sie würde jetzt ganz sicher keinen Rückzieher machen. Das Zitat von Hannibal fiel ihr sofort wieder ein, sie musste einen Weg finden oder sich eben einen machen.

Allein, seit sie das eben im Wald vor dem Beeren pflücken gedacht hatte, war so viel passiert. Da hätte sie es noch für unmöglich gehalten, dass sie jemals in der Lage sein könnte, die Hütte zu kaufen.

Und jetzt?

Die Dinge änderten sich einfach so unendlich schnell. Was gerade noch unmöglich schien, konnte im nächsten Augenblick schon passieren.

Feen, Wassergeister und Waldhütten. Das Universum schien ihr einfach nur unendlich weit und die Möglichkeiten grenzenlos.

Während sie nebeneinander die Straße hinunterschlenderten und sie Fynn ihre Überlegungen zu verschiedenen Lösungsansätzen präsentierte, nahm sie seine Hand und entgegen ihrer Erwartung zog er sie nicht weg.

Eine weitere unmögliche Möglichkeit.

Seine Finger schlossen sich weich um ihre und für ein paar wundervolle Schritte fühlte es sich so an, als ob es auf der ganzen Welt nichts gäbe, das sie jemals wieder trennen könnte.

Lachend sagte sie. »Ich glaube, es wäre fast am besten, wenn die Hütte einfach einstürzen würde. Dann hätte ich zumindest keine rechtlichen Probleme mit der Bauweise.«

Sie bogen um eine Ecke zu dem kleinen Teeladen und entdeckten sofort eine Gruppe von Menschen, die aufgeregt um einen alten Mann herumstanden, der auf dem Bürgersteig lag.

Lea griff nach ihrem Handy, um gleich Hilfe rufen zu können, beschleunigte ihren Schritt und versuchte auszumachen, was geschehen war.

Sofort erkannte sie die Kleider und den speckigen Rucksack. Sonst erinnerte nichts an den rüstigen alten Mann, den sie aus dem Wald kannte. Der Zauberstab fehlte, sein Gesicht war grau und eingefallen. Überhaupt hatte er viel mehr Falten als bei ihrem letzten Treffen und schien sich kaum bewegen zu können.

Der Finger auf ihrer Handytastatur war eingefroren und sämtliche Luft wich ihr aus den Lungen. Was war da los?

Fynn setzte sich in Bewegung und war mit wenigen Schritten neben dem Hexer, der gerade verzweifelt nach seiner Kehle griff.

Kapitel 24

Irgendetwas war massiv schiefgelaufen. Blitzschnell ging Fynn das Ritual der vergangenen Nacht noch einmal durch. Vier Elemente hatten sie gebraucht.

Feuer war da gewesen, das hatte der Hexer mitgebracht. Auch Erde hatte er in einem Eimer dabeigehabt. Für das Element Luft hatte der Hexer eine Windböe gerufen und auch sie um Hilfe gebeten. Es war kein besonders kräftiger Luftgeist gewesen, aber dafür flink, wendig und er wusste ganz offensichtlich, was er tat. Für das Wasser war Fynn zuständig gewesen.

Wo lag der Fehler?

Oder waren das nur die Konsequenzen eines solchen Zaubers, mit denen man einfach immer rechnen musste, die er bisher nur in der Theorie kannte?

Ob es an den Kräutern liegen konnte, die der Hexer verwendet hatte? Um dort einen Fehler auszumachen, kannte er sich zu wenig mit Hexenflüchen aus.

Da fiel es ihm wie Schuppen von den Augen. Der Zauberstab war verändert gewesen. Der Hexer hatte ihn anders geschmückt und soweit Fynn wusste, taten Hexen das *nie*.

Das ging gegen ihren Kodex oder ihren Aberglauben oder gegen was auch immer. Und das bedeutete, der

Hexer musste einen ganz besonderen Grund gehabt haben, um den Zauberstab neu zu schmücken … um den *Zauber* zu ändern und die Magie der Quelle in seinem Körper zu binden.

Natürlich. Wenn er schon mal einen Wassergeist zur Unterstützung überredet hatte, dann wollte er alles herausholen, was er konnte. So musste es gewesen sein.

Typisch Hexer.

Kein Wunder, dass Fynn die magische Quelle so massiv hatte anzapfen müssen und dass sie beide so lange erschöpft gewesen waren.

Wie hatte er nur so blind sein können?

Fynn hockte sich neben den krampfenden Mann und legte seine Hand auf dessen Stirn.

Sofort beruhigte der Hexer sich ein wenig. Die umstehenden Menschen machten augenblicklich ein wenig Platz.

Aber leider erkannte Fynn schnell, dass es nicht viel gab, was er tun konnte.

Durch den Versuch, den Zauber zu verstärken, hatte Korbinian sich nur selbst geschadet. Die Verstärkung hatte zwar funktioniert, war aber in die vollkommen falsche Richtung gelaufen. Statt zehn oder zwanzig Jahre zu gewinnen, hatte er nun mindestens dreißig verloren.

Der Hexer war selber schuld, er hatte das Risiko gekannt.

Trotzdem quälte Fynn ein schlechtes Gewissen. Schließlich hätte es ihm auffallen müssen, die Hinweise waren überdeutlich gewesen.

Immerhin war es seine Aufgabe, das Gleichgewicht der Natur zu beschützen. Schon die Vereinbarung zu diesem Zauber hätte niemals getroffen werden dürfen. Und dann hatte er sich auch noch ablenken lassen.

Am Ende war es eben doch allein seine Schuld.

Wenn er nicht damit beschäftigt gewesen wäre, ein kleines, magisches Abenteuer für eine Sterbliche zu produzieren, hätte er die Manipulation mit Sicherheit sofort bemerkt. Aber er war eitel gewesen und die Magie rächte sich nun, indem sie den Hexer umbrachte.

Er warf Lea einen kurzen Blick zu, die ihn ängstlich beobachtete.

Nein, er konnte den Hexer nicht sterben lassen, nicht wegen seiner eigenen Unachtsamkeit.

Fynn schloss die Augen und spürte in das Herz des Mannes hinein, fand das leise Summen der magischen Fäden, die sich in Lila und Blau um seine Seele wanden. Er versuchte, das heillose Chaos zu entwirren. Aber ohne die magische Quelle in der Hinterhand war das so gut wie unmöglich. Er brauchte auf alle Fälle Unterstützung.

»Wasser«, sagte er in Leas Richtung. Ihre Augen wurden groß, aber sie nickte und machte auf dem Absatz kehr.

Fynn schloss die Lider und griff mit beiden Händen tief in den wirren Strudel aus Magie.

***

Lea wusste sofort, dass er kein Glas voll Wasser meinte. Er wollte nicht die Lippen des Alten befeuchten. Er meinte *Wasser*, und zwar am besten riesige Mengen davon. Etwas, mit dem er sich verbinden konnte, um zu tun, was immer er auch tun musste, um den Hexer zu retten.

Sie stolperte sofort los, aber woher sollte sie auf die Schnelle so viel Wasser bekommen?

Einen See gab es nicht, einen Brunnen hatte sie nur in der Stadtmitte gesehen.

Ein Hahn! Im Geschäft musste es irgendwo einen Wasserhahn geben. Aber wie sollte das Wasser nach draußen?

Kurzentschlossen machte sie noch einmal kehrt und rannte zu dem kleinen Baumarkt.

Sie schlug die Tür so heftig auf, dass die kleine Klingel heruntergerissen wurde und scheppernd in einer Ecke landete. Der junge Mann kam mit weit aufgerissenen

Augen aus dem Geisha-Vorhang gesprungen und schob sich mit der Hand den Pony aus dem Gesicht. »Was …?«

»Ich brauche einen Wasserschlauch, einen langen, für ein stinknormales Waschbecken.«

Er kratzte sich irritiert am Kopf.

»Bitte, es ist dringend!«

Ganz langsam schien sein Gehirn auf Touren zu kommen. »Wie lang?«

»Egal. Lang!«

Er verschwand hinter der immer noch klickernden Geisha und tauchte mit einer dicken Rolle Schlauch wieder auf.

»Ich zahle später, versprochen.« Sie war schon halb aus der Tür, da zog sie ihr Handy aus der Tasche, knallte es auf die Theke, als Beweis, dass sie wiederkommen würde, und rannte zurück zu der Ansammlung vor dem Teeladen.

***

Menschen standen um ihn herum und gafften, aber das kümmerte Fynn nicht. Ohne Talisman gab es nichts, was sie sehen konnten. Selbst, wenn sie einen hätten, müssten sie sehr genau wissen, wonach sie suchten, um zu erkennen, dass er überhaupt Magie benutzte. Denn das, was er tun musste, spielte sich tief im Innern des Hexers ab.

Deshalb ignorierte er sie alle. Er brauchte seine volle Konzentration, um die richtigen Fäden zu finden.

In dem alten Mann herrschte ein einziges Chaos. Die Magie der Quelle hatte sich teilweise um das glühende Weiß seiner Seelenfäden gewunden, sich mit dem Rot seines magischen Hexenfunkens verknotet und sich komplett um die physische Realität seines Körpers geschlungen.

Normalerweise flossen all diese Dinge bei Menschen nebeneinander. Der Körper war getrennt von der Magie und die Magie getrennt von der Seele. Sie flossen nebeneinander, miteinander, gelegentlich umeinander, ein schillernder Regenbogen der Farben. Aber hier … Wenn er noch genug Ressourcen frei gehabt hätte und ein bisschen menschlicher gewesen wäre, hätte er wahrscheinlich vor Frust geflucht.

Stattdessen ließ er seine eigene blauweiße Magie durch den Körper des Mannes fließen. Sie riss die violetten und rosafarbenen Fäden mit sich und säuberte den Mann von der Magie der Quelle.

Dann verstärkte Fynn den Fluss und richtete die fadenhaften Stränge der Hexenseele und des zugehörigen Körpers wieder nebeneinander aus; wie Haare, die in einen Fluss geraten waren. Dabei musste er aufpassen, dass er nicht zu kräftig zog. Wenn er die Fäden nämlich ausriss, würde der Hexer unter seinen Händen einfach sterben.

Fynns Atem ging immer schwerer, das Herz galoppierte in seiner Brust und er merkte, wie er seine eigenen Reserven erschöpfte.

Er brauchte Nachschub, er brauchte Wasser. Schnell.

Bloß nicht aufgeben, nicht so kurz vor dem Ziel. Es gab nur noch eine Sache, die er unbedingt erledigen musste. Wenn er die roten Fäden der Magie wieder entwirren konnte, dann sollte es reichen, dann müsste der Hexer wieder aufwachen und ganz der Alte sein, fast wie vor dem Ritual. Nicht verjüngt, vielleicht sogar gealtert, aber wenigstens am Leben.

Doch es hatte keinen Sinn, seine Magie war aufgebraucht, seine Quelle war erschöpft.

Es gab nichts mehr, was er tun konnte und wenn er die Fäden jetzt losließ, dann würde der Hexer in seinen Armen sterben, er würde zusammensacken und vor den Augen der Umstehenden um hundert Jahre altern, vielleicht sogar zu Staub zerfallen.

Fynn versuchte, die Fäden zu halten, wenigstens das, was er bereits geschafft hatte zu festigen, aber sie entglitten ihm immer wieder. Erschöpft sank er zusammen und hatte fast schon losgelassen, als ihn ein Wasserstrahl hart in den Rücken traf.

Kein Quellwasser, kein magisches Wasser, aber frisches Wasser, das ihm einen Schub gab, nur noch zwei Knoten oder drei … er gab sich Mühe, er konzentrierte sich, er wollte das hier unbedingt schaffen und seinen Fehler wieder gutmachen.

Kapitel 25

Die Leute sprangen auseinander, als der Wasserstrahl den jungen Mann traf. Irgendjemand versuchte, Lea den Schlauch aus der Hand zu reißen, aber sie spritzte ihn einfach nass, wechselte schnell die Position und hatte nur eins im Sinn: Fynn zu retten.

Sie hatte keine Ahnung, was er da veranstaltete, aber es sah überhaupt nicht gesund aus. Sein Gesicht war leichenblass und völlig eingesunken.

Der Hexer hatte inzwischen aufgehört zu zittern und ein wenig Farbe gewonnen. Er sah auch nicht mehr ganz so alt und faltig aus wie noch vor ein paar Minuten.

Dafür ging es Fynn mit jeder Sekunde schlechter. Das Wasser half, aber auch nur für einen Augenblick, dann brach er über dem alten Mann zusammen.

Lea warf den Schlauch beiseite und sprang neben die beiden. Die Leute um sie herum tuschelten. Dass die junge Frau doch nicht ganz bei Trost sei mit ihrem Wasserschlauch. Aber Lea kümmerte das nicht.

Sie zog Fynns Kopf auf ihren Schoß und bemerkte, dass er nass war. Wäre er mit Blut überströmt gewesen, hätte sie das wahrscheinlich nicht aus der Fassung gebracht. Aber die Nässe trieb ihr eine eisige Gänsehaut über den gesamten Körper. Seit sie ihn kannte, hatte sie ihn noch nicht ein einziges Mal auch nur feucht gesehen, und jetzt war er durch und durch nass.

»Hey, Fynn. Was ist los? Sag doch was!«

Ein leises Stöhnen, aber es kam nicht von Fynn, sondern dem Hexer. Er lebte!

Langsam setzte der Alte sich auf und hielt sich mit der Hand den Kopf. »Was ist passiert?«

Lea standen die Tränen in den Augen. »Er hat dich gerettet, das ist passiert.«

Noch ein Raunen, das durch die Menge ging und sie für völlig bescheuert erklärte.

»Was? Wie das?« Ein weiteres Stöhnen von seiner Seite. Irgendwer sagte, der Krankenwagen sei schon unterwegs.

Aber was zum Teufel sollte ein Krankenwagen bei einem bewusstlosen Wassergeist anrichten?

Lea war sich nicht mal hundertprozentig sicher, ob er ein Herz hatte, das man reanimieren konnte.

»Mein Kopf«, kam es von dem Hexer. Er wollte aufstehen, sackte aber sofort wieder zurück und griff sich an die Stirn.

Ihre Gedanken überschlugen sich, was konnte sie nur tun?

Was?

Und endlich fiel ihr ein, was Fynn über die Quelle gesagt hatte: Er war mit ihr verbunden. Das hieß, er musste zu ihr zurück, um sich aufzuladen.

Komm schon. Sie stand auf und wollte ihn hochziehen, legte all ihre Kraft in die Bewegung und wäre beinahe vornübergefallen, weil er so leicht war. Er war viel zu leicht.

Lea sah die riesige Pfütze, die sich unter ihm ausbreitete, die, gespeist von dem Wasserschlauch, der in den Teeladen führte, immer größer wurde.

Sie fragte sich, wie viel davon zu Fynn gehörte.

Aber sie erlaubte sich nicht, länger darüber nachzudenken. Stattdessen nahm sie seine Leichtigkeit als

Geschenk, legte seinen Arm um ihren Nacken und humpelte mit ihm Richtung Wald. Irgendjemand rief ihr etwas hinterher. Aber keiner versuchte, die Verrückte mit dem nassen Kerl aufzuhalten.

Das erste Stück über die Straße war schnell geschafft, auch auf dem Kiesweg kam sie gut voran. Doch sobald sie auf die Wiese abbiegen musste, wurde es mühsam. Nun schien Fynn mit jedem Schritt schwerer zu werden, was aber wohl weniger an seinem Gewicht, als vielmehr an Leas schwindenden Kräften lag. Immerhin hatte sie sich in den letzten Tagen fast nur von Beeren und Pilzen ernährt. Jetzt wünschte sie sich von ganzem Herzen, sie hätte zu den Maden nicht nein gesagt.

»Wenn du wieder aufwachst, probier ich welche. Versprochen. Hast du gehört?«

Ein winziges Stöhnen kam aus Fynns Kehle. Und es machte ihr Mut, dass er auf ihre Stimme reagierte. In den Filmen versuchte man, schwer kranke Menschen immer wach zu halten. Vielleicht war das auch bei einem Wassergeist eine gute Idee.

Leider hatte sie keine Ahnung, was sie ihm erzählen sollte. Deshalb redete sie einfach drauf los, über alles, was ihr gerade durch den Kopf schoss. Sie erzählte, was sie mit der Hütte vorhatte. Sie würde eine Veranda bauen und sich eine riesige Antenne besorgen, um eine vernünftige Internetverbindung herzustellen. Ohne konnte sie schließlich ihr Designstudio auch gleich zumachen. Und bei all der Inspiration um sie herum würde sie bestimmt platzen, falls das jemals passieren sollte.

Außerdem würde sie Fynn einen Eimer besorgen, nein eine richtig große Holzwanne, damit er sich darin ausruhen konnte – falls er das wollte. Ob das wohl bequem war? Oder vielleicht könnten sie eine Art Schacht in den Felsen schlagen, damit die Quelle in diese Wanne hineinfloss, dann müsste sie ihn nicht jedes Mal diesen verdammten Berg hochschleppen, wenn er mal wieder beschloss, sich vor versammelter Mannschaft alle Magie aus dem Leib zu zaubern.

Mein Gott, bedeutete das, dass die ganze Stadt jetzt auf Hexenjagd ging?

Sie hoffte nur, dass dem Hexer eine verdammt gute Ausrede einfiel, warum eine junge Frau mit Wasserschlauch aufgetaucht war.

Das Reden beschäftigte sie und lenkte sie ein bisschen von den Schmerzen ab, denn ihre Füße wurden immer schwerer und sie selbst immer langsamer. Der Berg schien bei jedem Schritt steiler und das Dickicht undurchdringlicher zu werden. Der Farn wuchs höher und die Bäume standen dichter, sie hatte das Gefühl, kaum noch voranzukommen.

Lea schnaufte bei jedem Atemzug und von Fynn gab es bald keine Rückmeldung mehr, obwohl sie trotz der Anstrengung nicht aufhörte zu sprechen.

»Hey! Mach mir jetzt bloß nicht schlapp.« Der Weg schien noch so verdammt lang und Fynn wog mittlerweile sicher eine Tonne. Sie musste eine Pause machen. Aber sie hatte Angst, dass sie nie wieder aufstehen würde, wenn sie sich jetzt hinsetzte. Ihre Glieder brannten, ihr Herz war schwer und Fynns Gewicht drückte sie in die Knie.

Dann stolperte sie auch noch über den Baumstamm-Elefanten und Fynn landete hart neben ihr auf der Erde.

»Fynn?« Er rührte sich nicht. Gar nicht. Sein Atem war so flach, dass sie Angst bekam. Sie war zu langsam. Viel zu langsam. Sie musste es unbedingt auf diesen verdammten Felsen schaffen. Aber so wie es jetzt aussah … sie würde niemals rechtzeitig ankommen, er war einfach zu schwach. Er brauchte Wasser, jetzt sofort. Aber hier gab es nichts, keine Quelle und ganz sicher keinen Wasserschlauch.

Fynn könnte vielleicht Wasser aus dem Boden ziehen, aber dafür müsste er erst einmal wach sein. Ganz offensichtlich stand das außer Frage.

»Fynn«, flüsterte sie. »Ich weiß nicht, was ich machen soll.«

Alles nur wegen dieses blöden Hexers. Weil er einen Wassergeist bitten musste, ihn jünger zu machen.

Ihre Augen brannten und sie rieb sich über das Gesicht.

Fynn hatte doch gesagt, dass es gefährlich war und Korbinian hatte gewusst, worauf er sich einließ. Trotzdem hatte Fynn sein Leben riskiert, um ihm zu helfen.

Moment. Hexer. Wassergeist. Magie?

Regen!

Vielleicht konnte das helfen, damit er wenigstens das letzte Stück noch durchhielt.

Sie fummelte eilig in ihrer Hosentasche herum und fand das weiße Säckchen mit der roten Kordel, zusammen mit dem winzigen Glasfläschchen.

Was hatte der Hexer gesagt? Sie brauchte entweder einen eigenen Funken Magie – hatte sie offensichtlich nicht – oder sie musste einen Wassergeist um Hilfe bitten. Allerdings war der gerade bewusstlos.

Vielleicht funktionierte es trotzdem.

Oder vielleicht konnte sie das Wasser selber um Hilfe bitten? Schließlich hatte Fynn gesagt, dass er das auch irgendwann einmal hatte lernen müssen.

Eilig zog sie den Korken aus der kleinen Flasche und kippte den Inhalt auf den kleinen Beutel. Dann rappelte sie sich hoch. Ihre Beine zitterten, aber sie hielt das Säckchen hoch in die Luft. »Bitte! Ich brauche Wasser!«

Nichts passierte.

Nur das Rauschen der Blätter und das Singen der Vögel war zu hören. Sonst herrschte absolute Stille.

Es funktionierte nicht. »Bitte!«, schrie sie aus vollem Hals, sie war verzweifelt. Tränen rannen ihr über die Wangen. »Bitte!«, rief sie noch einmal.

Aber nichts rührte sich.

Sie wischte sich mit dem Handrücken über die Augen und machte dabei versehentlich das Säckchen nass.

»Bitte«, schluchzte sie und hielt den kleinen Beutel noch einmal hoch in die Luft. »Fynn braucht Regen, sonst stirbt er.«

Wind frischte auf, eine kühle, nasse Böe, die nach Regen roch und dann … traf sie ein dicker Tropfen mitten auf die Stirn. Sie zuckte. Ein Zweiter fiel auf ihre Schulter, zwei auf ihren Arm und dann begann es, wie aus Kübeln gießen.

Das Wasser prasselte auf Fynns Körper und als die ersten Tropfen seine Lippen benetzten, sah sie, wie ein ganz klein wenig Farbe in sein Gesicht zurückkehrte. Seine Brust hob und senkte sich einmal, dann lag er wieder still. »Oh, Fynn.«

Erleichterung flutete durch ihre Brust, nur, um im selben Moment wieder von Panik ersetzt zu werden. Es reichte nicht. Aber es war ein Anfang und an diesem Gefühl hielt sie sich fest.

Sie nahm ihre letzten Kräfte zusammen, legte seinen Arm wieder um ihren Hals und hievte ihn hoch. Er kam ihr noch leichter vor als beim ersten Mal und die Angst schnürte ihr die Kehle zu.

Aber sie hielt den Blick fest auf den Felsen gerichtet und dankte dem Himmel für jeden einzelnen Regentropfen, der ihre Kleidung durchnässte.

* * *

Lea hielt den Blick auf den Boden gesenkt. Sie sah schon lange nicht mehr den Berg hinauf. Schritt um Schritt kämpfte sie sich vorwärts, konzentrierte sich auf ihre Füße, auf ihre Beine, auf die Dinge, die sie beeinflussen konnte.

Jede noch so lange Reise beginnt und endet mit einem einzigen Schritt. Wer hatte das gesagt? Konfuzius?

Sie hatte wieder angefangen, mit Fynn zu reden, und manchmal war sogar als Antwort ein kleines Stöhnen gekommen. Vielleicht bildete sie es sich auch nur ein.

Das war aber völlig gleichgültig. Denn sie würde nicht aufgeben. Sie würde ihn retten. Sie würde ihn zu dieser verdammten Quelle schleppen, einen Schritt nach dem anderen – einen Atemzug nach dem anderen. Atmen, sie durfte das Atmen nicht vergessen. Ihre Seiten stachen, ihre Glieder brannten, ihr Herz stolperte unglücklich vorwärts und hämmerte in ihrer Brust wie eine dicke Trommel.

Aber sie würde nicht aufgeben, sie würde … und dann hörte sie leises Rauschen. Nicht von den Blättern, nein, ein plätscherndes Gurgeln war darunter.

Die Quelle!

Sofort wurden ihre Schritte leichter und Fynns Gewicht drückte nicht mehr ganz so schwer auf ihre Schultern.

Sie hob den Blick und dann sah sie es. Silberhelles, glitzerndes Wippen. Der heftige Schauer hatte aufgehört und nun schimmerte das kühle Wasser in regenschwangerem Sonnenlicht.

»Wir sind da«, flüsterte sie. Ihre Stimme war von dem vielen Sprechen heiser geworden. »Fynn, wir haben es geschafft.«

Sie torkelte die letzten Schritte zum Wasser hin, stolperte und Fynn landete neben ihr auf dem Boden, kaum eine Handbreit von der Quelle entfernt.

Was für ein grausamer Scherz, wenn er hier sterben würde.

Lea nahm ihre letzten Kräfte zusammen und drückte gegen seine Beine, schob sie weiter, sah, wie seine Füße ins Wasser plumpsten und hörte nicht auf, bis auch seine Hüfte im Wasser lag.

Aber es passierte *nichts*.

Sie wartete einen Moment, bis sie selbst wieder zu Atem gekommen war. Vielleicht brauchte das Wasser eine Weile, bis es seine Wirkung tun konnte.

Geduld, nur ein wenig Geduld.

Aber kein Seufzen kam über seine blassen Lippen, kein Stöhnen, kein Atmen. Sein Brustkorb bewegte sich nicht.

»Wach doch auf«, flüsterte sie und rüttelte an seinem T-Shirt. »Bitte, wach doch endlich auf.«

Ein schmerzhaftes Lachen entfuhr ihr. Sie brauchte ein Wunder, sie brauchte Magie, aber die hatte sie nicht …

Und dann fiel ihr die Höhle wieder ein, von der Fynn erzählt hatte. Hier drunter, genau unter ihnen, hinter dem Strudel der Quelle, da lag eine Höhle voller Magie.

Die Lösung all ihrer Probleme, nur durch ein paar Meter Stein von ihnen getrennt. Immerhin hatte sie ihm schon einmal geholfen, sich zu erholen, oder?

Natürlich konnte Lea die Magie nicht herausrufen und Fynn war offensichtlich zu gar nichts in der Lage, aber vielleicht … vielleicht konnte sie ihn ja hinbringen.

Es war verrückt, es war völlig abgedreht. Aber er hatte gesagt, da unten gab es Luft. Und wenn sie erst durch das Loch hindurch war … dann würde sie weitersehen.

Ein heißkalter Schauer lief ihr über den Rücken, als sie an die letzte Berührung mit dieser Quelle dachte, sie wäre fast gestorben.

Und das würde ihr wieder blühen, wenn sie nicht aufpasste.

Aber es war die einzige Möglichkeit, die allerletzte Chance. Sonst war Fynn … nein, das durfte sie nicht einmal denken. Sie rutschte neben ihn, schob ihre Beine ins eiskalte Wasser und begann sofort zu zittern. Dann zog sie Fynn zu sich heran und schloss die Augen, um sich Mut zuzusprechen.

Alles wird gut, ich rette dich, ich versprech es dir. Wir packen das, wir kommen hier beide wieder lebend heraus.

Kurz überlegte sie, ob sie ihm die Nase zuhalten sollte, aber das würde niemals funktionieren, so viele Hände hatte sie einfach nicht. Außerdem beschloss sie, dass man einen Wassergeist nicht vor dem Ertrinken retten musste. Einen Menschen aber schon.

Also legte sie einen Arm um seine Brust, mit dem anderen hielt sie sich selbst die Nase zu und dann glitt sie ins Wasser.

Eis schlug über ihrem Kopf zusammen. Fast wäre Fynn ihr vor Schreck aus dem Arm gerutscht, aber sie klammerte sich an ihn und hielt mit aller Macht ihre Nase zu, während ihr Blick umher huschte und sie nach dem Abfluss suchte. Durch ihr doppeltes Gewicht wurden sie nicht ganz so schnell herumgeschleudert wie beim ersten Mal, trotzdem war die Strömung mörderisch. Extra dafür gemacht, damit niemand in die Höhle gesaugt werden konnte.

Das war der Trick! Sie beobachtete ein paar Augenblicke, wohin sie geschleudert wurden, nach links, nach rechts und im Kreis herum. Lea spürte, wie ihr langsam die Luft ausging, aber dann erkannte sie, in welche Richtung sie *nicht* geschleudert wurden.

Und dort sah sie es, einen dunklen Fleck zwischen all dem weißen Stein. Das war der Eingang. Das musste er sein.

Wenn er es nicht war, dann waren sie tot – alle beide.

Angst klammerte sich um ihre Brust, aber sie visierte die dunkle Stelle zwischen den Felsen an und schlug, so fest sie konnte, mit den Beinen. Es half nichts. Sie wurden weiter von links nach rechts geschleudert und ihre Lunge wurde immer enger, ihre Glieder fühlten sich taub an und gleich würde sie ertrinken, zusammen mit Fynn.

Nein, Lea, nein.

Das durfte einfach nicht passieren, so konnte es nicht enden. Sie nahm ihre letzten Kräfte zusammen, Kräfte, von denen sie nicht einmal gewusst hatte, dass sie immer noch in ihr schlummerten. Sie schlug mit den Beinen, ließ ihre Nase los, half mit dem Arm nach und dann bewegten sie sich tatsächlich ganz langsam auf den dunklen Fleck zu. Wasser drang ihr in die Nase und den Mund, brannte in ihrer Kehle. Sie erwischte den Felsen, packte so fest sie konnte zu … und zog.

Dann änderten sich plötzlich die Gesetze der Schwerkraft, aller Widerstand hörte auf. Sie wurde vorwärts gezerrt, in die Dunkelheit hineingerissen und fiel in schwarze Leere.

Kapitel 26

Scharfer Fels stach ihr in die geschundenen Muskeln, grub sich in ihren Magen und drückte hart gegen ihre Wange. Jeder Quadratzentimeter ihres Körpers schmerzte, brannte oder tat auf andere Weise weh.

Lea stöhnte und versuchte sich aufzurichten.

Wo war sie?

Die Augen, sie musste die Augen öffnen. Ihre Lider flatterten. Erst sah sie nur Schwärze, dann ein fahles, violettes Glühen, bevor es wieder dunkel wurde.

Ein einziger Gedanke zuckte durch ihren Kopf.

Fynn!

Sofort saß sie senkrecht. Von der schnellen Bewegung wurde ihr schwindelig. Sie hielt sich den Kopf.

Fynn?

Sie öffnete die Augen vollständig, um sich umzusehen, sich zu konzentrieren, Fynn zu finden. Aber was sie dann sah, war so fremdartig, so unglaublich und einzigartig, dass es ihren Kopf vollkommen leerfegte.

Sie saß auf einer flachen, steinigen Insel in der Mitte eines tintenschwarzen Sees. Über ihr wölbte sich die Dunkelheit einer riesigen Höhle wie eine Kathedrale weit in die Höhe.

Der einzige Grund, warum sie bei all der Finsternis überhaupt etwas erkennen konnte, war das Quellwasser, das von weit oben in einem dünnen Regen herunter rieselte, sich auf halber Höhe mit einem Quell aus glitzernden rosa und violetten Fäden mischte, um dann in den Tintensee hinabzustürzen.

Dort zog das sprudelnd bunte Nass kleine Wellen und färbte das Schwarz mit immer neuen, spiralförmigen Mustern. Die Fäden malten filigrane Ranken, winzige Knospen und blühten in zauberhaften, dicken Blumen auf.

Die Farben waren so leuchtend, dass sie mit ihrem sanften Schimmer die ganze Höhle zum Glühen brachten.

Leas Mund öffnete sich in fassungslosem Staunen und ihr Herz raste beim Anblick all der atemlosen Schönheit.

Ganz leise klopfte eine einzelne Silbe von innen an ihre Schläfe. Ein leises Klingeln, das sie an etwas erinnerte – etwas Wichtiges.

Fynn.

Ihr Blick fuhr durch die violett glitzernde Nacht. Dann sah sie ihn. Drei Schritte neben ihr …

»Fynn«, flüsterte sie und war gleich bei ihm. Erleichterung brach silbern durch die Finsternis in ihrer Brust.

Auf den ersten Blick schien er nicht verletzt zu sein. Er lag mit ihr auf der kleinen Insel, bis weit über die Taille in das schwarze Wasser gesunken. Und er rührte sich nicht.

Erneut legte sich Panik wie ein nasses Handtuch um ihr Herz.

Sie legte ihre Hände auf seine Brust und beugte sich über ihn. »Fynn«, sagte sie lauter, fast flehentlich.

»Er schläft – noch«, sprach eine Stimme hinter ihr.

Der Schock trieb ihr ein langes, spitzes Messer durch die Brust. Sie fuhr herum.

Vor ihr stand eine Frau, ihr Gesicht wirkte jung, sie war splitterfasernackt und ihr Haar war so lang und schwarz, dass es bis ganz nach unten über ihre Beine floss und mit der Dunkelheit des Sees verschmolz.

Ihre bloßen Füße standen auf der Wasseroberfläche und als sie einen halben Schritt auf Lea zu machte, tanzten kleine Wellen vor ihren Zehen her, aber sie sank nicht ein.

»Liebst du ihn?«, fragte die Frau und ihre Stimme klang fast schon sehnsüchtig.

»Ja«, sagte Lea, ohne lange zu überlegen, und sie war überrascht, wie fest ihre Stimme klang, obwohl sie allein, mit einem nackten Zauberwesen in einer unterirdischen Höhle stand.

Auf jeden Fall schien der geheimnisvollen Frau ihre Antwort gar nicht zu gefallen. Sie sah Lea aus schmalen Augen zweifelnd an.

»Wer bist du?«, flüsterte Lea. Aber ein Teil von ihr ahnte bereits die Antwort.

»Ich bin die Herrin des Waldes«, hallte die dunkle Stimme von den Wänden der Höhle wider und zitterte in Leas Magen.

In Windeseile setzten sich die einzelnen Stücke des Puzzles in ihrem Kopf zusammen. »Du hast Fynn erschaffen«, sagte sie staunend und dann erkannte sie, dass die Lösung all ihrer Probleme direkt vor ihr stand. »Du musst ihn retten! Schnell! Bitte!« Sie wandte sich zu Fynn und legte ihre Hand auf seine Schulter, als müsse sie der Frau erst zeigen, wo er lag. Als könne sie ihn übersehen.

Die Herrin des Waldes starrte Lea aus kalten, schwarzen Augen an. »Nein«, sagte sie mit einer Unerbittlichkeit, die Lea das Blut in den Adern gefrieren ließ.

Sie blinzelte verwirrt. *Nein*? Das machte keinen Sinn. Das konnte die Herrin des Waldes nicht ernst meinen. Lea musste sich verhört haben.

»Ich werde ihn nicht retten«, sagte die Herrin ruhig, als wäre das völlig normal. »Nur, weil ich sie gebeten habe, hat seine Quelle ihn nicht aufgenommen.«

Lea schluckte und konnte es einfach nicht glauben. »Durch dich?« Der kalte, nasse Lappen wrang ihr Herz noch enger zusammen. »Aber warum? Du bist doch so etwas wie seine Mutter.«

Die Lippen der Frau spitzten sich. »Er ist vom Weg abgekommen, er hat sich den Menschen zugewandt. Und das ist nicht einmal das Schlimmste. Er hat mich angelogen. Er ist ein Lügner geworden, wie die Menschen.« Sie klang hart und verbittert.

»Deshalb willst du ihn sterben lassen? Weil er gelogen hat?«

Ihre Züge blieben hart.

Lea fühlte sich so hilflos. Vor ihr stand die Frau, die den ganzen Wald erschaffen hatte oder befehligte oder beschützte. Wie auch immer, sie war die Herrin des Waldes und sie hatte die Macht, Fynns Leben zu retten. Aber es gab absolut nichts, was Lea tun konnte, um sie dazu zu bewegen, diese Macht auch einzusetzen.

Es fühlte sich an, als hätte sich in ihr eine gigantische Blase aus gläserner Hoffnung gebildet, die mit dieser Erkenntnis in Millionen und Abermillionen Splitter zerbarst.

»Wenn du ihn nicht retten willst, warum bist du dann überhaupt hier?« Die Scherben gruben sich tief in ihr Herz. »Um mich zu verspotten?«

»Weil ich mir ein Bild von dir machen wollte. Ich wollte sehen, für wen er bereit ist, aus seinem eigenen Leben eine Hölle zu machen.«

»Eine Hölle?« Lea lachte bitter. »So schlimm bin ich wohl auch nicht.« Sie biss sich sofort auf die Zunge und schmeckte Blut. Aber es machte wohl wenig Sinn, freundlich zu bleiben. Denn der Blick der Herrin war hart wie Stahl und sah nicht so aus, als ob sie sich durch irgendetwas erweichen lassen würde.

»Du bist ein Mensch.« Ihre Worte hallten unerbittlich von den Höhlenwänden wieder. »Das reicht.«

Lea hatte genug und sprach schärfer als beabsichtigt. »Was soll das denn bitte bedeuten?«

»Menschen sind völlig anders. Ihr habt eure Verbindung zur Natur aufgegeben. Ihr besitzt keine Magie und seid nicht einmal in der Lage, unsere Namen richtig auszusprechen.«

Sie erinnerte sich an die Enttäuschung in Fynns Augen, als sie ihm zugestimmt hatte, dass sie dieses wunderschöne plätschernde Gurgeln wohl niemals aussprechen könnte und ein harter Kloß formte sich in ihrer Kehle.

Der Rest stimmte aber wohl nicht so ganz. Sie hatte die Natur doch gerade erst wiedergefunden. Und überhaupt. »Dich stört es, dass ich eine andere Sprache spreche? Dass ich anders bin? Ich dachte, die Natur lebt von ihrer Vielfalt?« Hatte Fynn nicht so etwas gesagt? »Aber so wie du dich verhältst, denke ich, du hast völlig recht. Menschen sind tatsächlich anders. Wir würden nämlich niemals unsere Kinder umbringen, weil sie gelogen haben oder weil sie jemanden mögen, der uns nicht passt.« Sie versuchte, nicht an all die Horrorgeschichten aus den Nachrichten zu denken und fügte in Gedanken hinzu *die Allermeisten von uns*.

Aber die Herrin des Waldes blieb ungerührt und machte eine abschließende Geste mit der Hand. »Waldgeister und Menschen gehören einfach nicht zusammen, Menschen sind viel zu kurzlebig. Darin hatte er mir sogar zugestimmt. Aber ich nehme an, das war auch nur eine seiner Lügen.«

Leas Gedanken tanzten durch ihren Kopf. Wann hatte er mit der Herrin des Waldes gesprochen? Nach dem Feenkuss? Hatte er sich deshalb so seltsam verhalten?

Weil die Herrin des Waldes ihm einen Floh ins Ohr gesetzt hatte? Oh, diese gemeine …

»Und weil wir sowieso schon so wenig Zeit zusammen haben, willst du sie auch noch verkürzen, indem du ihn sterben lässt?«

Ein kaltes Lächeln breitete sich auf ihrem Gesicht aus. »Ich lasse ihn nicht sterben. Er lebt, solange die Quelle existiert und ihn mit Magie versorgt. Aber ich werde ihn schlafen lassen, bis *du* gestorben bist.«

Leas Herz gefror zu kaltem, hartem Stein. »Das ist es also? Das ist deine Lösung?« Sie konnte es einfach nicht fassen. »Weil du Angst hast, dass dir seine Entscheidung nicht passt, nimmst du sie ihm einfach ab?« Sie schüttelte den Kopf. »Das kann nicht dein Ernst sein. Und es kann nur eins bedeuten: Du liebst ihn nicht. Denn wenn du ihn lieben würdest, dann würdest du wollen, dass er glücklich ist. Egal, was das für dich bedeutet.«

Ein Wind frischte auf – *mitten in einer Höhle?* – und wirbelte in weiten Kreisen über die Wasseroberfläche, blies das schwarze Haar der dunklen Herrin in die Luft und ließ sie wie einen Dämon erscheinen. »Natürlich liebe ich ihn. Ich weiß genau, was ich tue. Du hast doch keine Ahnung, *Mensch*. Woher willst du wissen, was das für ein Gefühl ist, wenn der Mann, den du liebst, unter deinen Fingern verwelkt wie ein totes Blatt.« Die Wut in ihrer Stimme brachte die Wände der Höhle zum Zittern. Kleine Steinchen rieselten herab, rissen Löcher in das nachtschwarze Tanzen des Wassers.

Lea stand auf und legte die Faust auf die Brust. »Trotzdem ist das nicht deine Entscheidung.« Es kostete sie all ihre Willenskraft, damit ihre Stimme nicht bebte.

Der Wind frischte weiter auf und die Herrin brachte das Wasser zum Brodeln. »Ich werde es nicht zulassen, dass er von dir verletzt wird«, donnerte sie. Noch einmal beschleunigte sich der wirbelnde Sturm und zerrte ungehalten an Leas Kleidern.

Sie hielt sich die Haare aus dem Gesicht und musste schreien, um ihre eigene Stimme verstehen zu können. »Deshalb willst du ihn lieber selbst verletzen? Du sperrst ihn in seinen Körper ein. Und wenn er aufwacht und erkennt, was du getan hast, was wird er dann machen? Wird er sich bei dir bedanken und dir um den Hals fallen? Oder wird er dich hassen?« In einer Eingebung, die sie selbst für schlichtweg genial hielt, fügte Lea hinzu:

»Du kennst die Antwort. Er wird dich für den Rest der *Ewigkeit* hassen!«

»Schweig!«, donnerte die Herrin des Waldes. Mit einer abrupten Geste, schleuderte sie Lea eine Sturmwand entgegen. Sie wurde nach hinten gerissen, prallte gegen den Felsen und sackte ohnmächtig zu Boden.

Kapitel 27

Fynn öffnete seine Augen und erkannte sofort, dass er auf dem Boden der schwarzen Höhle lag, gleich neben dem magischen Plätschern der Quelle.

Er konnte sich nicht erinnern, wie er hierhergekommen war. Als er sich auf die Seite rollte, schmerzte jede Faser seines Körpers in der Erinnerung an die Heilung, die er vorgenommen hatte.

Er kam auf die Knie und sah einen Menschen bewusstlos vor der Höhlenwand liegen. Sein Mund wurde trocken, als er Lea erkannte. Sofort war er bei ihr.

Erst dann wurde ihm bewusst, dass die Herrin des Waldes regungslos neben ihm stand.

»Was ist passiert? Wie bin ich hergekommen?«, fragte er, ohne die Augen von dem reglosen Körper zu lassen. Sie atmete, wenigstens das.

»Der Mensch hat dich hergebracht«, sagte die Herrin ruhig.

»Sie hat mich gerettet«, flüsterte er und kam wieder hoch. Die volle Macht dieser Erkenntnis schwappte über ihn hinweg wie eine dunkle Sturmwoge. Sie hatte ihr eigenes Leben in Gefahr gebracht, um ihn zu retten. Sein Herz schlug schneller und er versuchte zu begreifen, was das zu bedeuten hatte.

»Sie wird sterben.« Die Worte der Herrin hallten dumpf von den scharfkantigen Felsen wider und rissen ihm die Luft aus der Lunge. »Ist sie verletzt?«, fragte er schnell.

Schon wollte er sich wieder zu ihr beugen, aber die Herrin hielt ihn an der Schulter fest. Langsam schüttelte sie den Kopf. »Sie ist ein Mensch. Sie stirbt auf jeden Fall.«

Er schwieg und starrte auf den reglosen Körper.

»Ich weiß«, sagte er schließlich. »Aber je länger ich mit ihr zusammen bin, desto mehr wird mir bewusst, dass ich nicht ohne sie sein will. Jede Sekunde, die wir getrennt verbringen, zieht mich nur noch stärker zu ihr hin.«

»Aber es wird nicht besser werden.« Ihre Stimme hallte leise in seinen Ohren. »Wenn du erst ein Menschenleben mit ihr verbracht hast und sie stirbt, wird es dir noch viel schlechter gehen.«

Fynn schloss kurz die Augen und atmete tief aus. »Ihr habt mir schon so oft die Mär von der unglücklichen Nymphe erzählt, die sich in einen Menschen verliebte und seit seinem Tod in ewiger Pein ohne ihn leben muss. Trotzdem will ich lieber jeden einzelnen Tag mit ihr genießen, als freiwillig schon von jetzt an eine Ewigkeit ohne sie zu sein. Lieber ein kurzes Glück als gar keins.«

Ihre schwarzen Augen sahen ihn lange prüfend an. Ihre Stimme war kalt und spröde, als sie weitersprach. »Es war keine Nymphe, der dieses Schicksal widerfahren ist. Die Geschichte, die ich dir so oft erzählt habe, ist meine eigene. Der Schmerz ist immer noch echt. Er hält auch heute noch an und er wird niemals ganz vergehen.«

Ihre Worte trafen ihn hart und unerwartet, mitten in die Brust. Sein Herz wurde zusammengepresst und drohte ihn zu ersticken.

Er blickte auf Leas Körper hinab. Wie sie dalag, so friedlich, so unschuldig. Der einzige Mensch, der ihn jemals überrascht hatte. Das erste Wesen, das Gefühle in ihm ausgelöst hatte, denen er nicht entkommen konnte, egal, wie oft er die Flucht ergriff.

Er ballte seine Hände zu Fäusten und spürte Hitze in seinem Innern aufsteigen.

»Und doch«, flüsterte er. »Würdet ihr auch nur einen einzigen Tag, den ihr mit ihm verbracht habt, hergeben, wenn ihr dafür euren Schmerz verlieren könntet?«

Er sah der Herrin forschend ins Gesicht.

Sie schwieg, scheinbar endlos lange. Aber zum Schluss wich sie seinem Blick aus und starrte in die Dunkelheit. »Nein«, sagte sie schließlich. »Das würde ich nicht.«

»Wie könnt Ihr mir dann verwehren, was euch selbst vergönnt war?«

Wind frischte auf, stob in wirbelnden Böen um ihren Körper und ergriff ihr Haar. »Du willst sie also unbedingt?« Ihre Stimme erfüllte die Höhle und drang bis in den letzten Spalt. »Gut, du sollst sie haben.« Ihre Stimme wurde noch dunkler. »Ich werde dich verfluchen und eure Verbindung besiegeln.«

»Verbindung?« Das klang, als würde sie von etwas sprechen, das bereits vorhanden war. »Welche Verbindung meint Ihr?«

Sie lachte. »Sag bloß, du hast es noch nicht bemerkt. Bist du schon genauso blind wie sie?«

Er hatte keine Ahnung, wovon sie sprach.

»Sie hat dich magisch an sich gebunden, Geist der silbernen Quelle. Was glaubst du, warum sie die magischen Fäden in deinem Wasser sehen konnte? Nicht einmal dem Hexer wohnen solche Kräfte inne. Nein, das ging nur mit der Hilfe eines Wassergeists – mit *deiner* Hilfe.«

Fynn schluckte. Konnte das stimmen?

Da fiel ihm wieder ein, was er gesehen hatte. Als er zum zweiten Mal sein Wasser verwendet hatte, um ihren Körper von den Giften des menschlichen Alltags zu reinigen, da hatte es kurz in ihr geglüht, ganz leise gefunkelt. Natürlich hatte er geglaubt, er hätte sich geirrt, aber jetzt war er sich nicht mehr sicher. Beim ersten Mal war es aber sicher noch nicht da gewesen.

»Sieh doch hin«, donnerte die Herrin des Waldes.

Und als er sich konzentrierte, als er sie dort am Rand der magischen Quelle liegen sah, da entdeckte er den winzigen magischen Funken in ihrer Mitte. Es war ein einzelner, nadelstichgroßer Punkt, direkt unter ihrem Herzen, der im zartesten Rosa pulsierte. Von ihm ging ein glitzernder Faden aus, so dünn, dass man ihn fast verlor, selbst wenn man wusste, wo er sich befinden musste. Er führte in einer ausladenden Schleife zu Fynns eigenem Körper zurück. Er griff sich an die Brust. »Wie ist das möglich? Wie konnte das passieren?«

»Wie wohl? Hast du nicht mit ihr unter den Feen getanzt, hast du sie nicht selbst geküsst?« Das Wort strauchelte, als es über ihre Lippen kam, klang halb wie eine Beleidigung, halb wie eine sehnsüchtige Erinnerung.

Aber es stimmte. Ihre Lippen hatten sich für einen winzigen Moment berührt, für einen Feenflügelschlag war Lea mit ihm verbunden, auf eine Weise, die ihm bis dahin völlig unbekannt gewesen war.

»Als ich dich das letzte Mal getroffen habe, war eure Verbindung noch ganz frisch, wärst du dem Menschen nur ferngeblieben, wie ich dir geraten habe, hätte sich der Faden ganz von selbst wieder in Luft aufgelöst. Aber du wolltest ja nicht auf mich hören. Deshalb hast du selbst diesen Fluch auf dich gebracht.« Sie holte einmal tief Luft. »Aber ich habe dich geschaffen und egal, was du von mir glauben willst, du bist mein Kind und ich liebe dich. Ich werde dich immer lieben. Genau deshalb gebe ich dir eine Wahl – zwei Möglichkeiten.«

Ein Fluch.

Eine Wahl.

Endlose Stille wölbte sich von innen gegen seine Haut, dehnte sich nach außen und drückte sechs volle Herzschläge lang gegen sein Trommelfell, dass er glaubte, nichts mehr hören zu können.

Dann sprengten ihre Worte durch die Finsternis und brachen sich an den Wänden.

»Im Augenblick ist sie schwach und wir befinden uns an der Quelle meiner Magie. Das heißt, ich habe die einmalige Gelegenheit, eure Verbindung doch noch zu lösen und euch für immer voneinander zu trennen.«

Er betrachtete den zarten Körper und fragte sich, ob das die beste Lösung für Lea wäre. Was würde sie sagen, wenn man sie zu Wort kommen lassen würde?

Doch sie hatte ihr Leben für seines gegeben, hieß das nicht auch, sie wollte ihn behalten?

Hatte sie darüber nachgedacht oder war er nur ein Eichhörnchen. Ein Leben, das sie rettete, ohne an die Konsequenzen zu denken?

Denn ihm war bewusst, was die Herrin als Gegenleistung für diese Trennung erwartete. Er musste sie aufgeben, er durfte sie nie wieder sehen … und dann ging ihm auf, was das *wirklich* bedeutete.

»Sie würde dabei sterben.« Und eigentlich war es gar keine Frage.

»Natürlich.« Ihre Stimme war kühl, gleichgültig. Wenn es stimmte, was sie über die Geschichte der Nymphe gesagt hatte, wenn das ihre eigene Vergangenheit war, wie konnte sie dann so emotionslos über den Tod eines geliebten Wesens sprechen?

»Und es wäre besser für dich«, fuhr sie fort. Irrte er sich oder klang sie nun viel sanfter?

»Und die zweite Möglichkeit?«, fragte er und versuchte, nicht an die erste zu denken.

»Ich besiegele euren Bund. Ich verknüpfe eure Seelen endgültig und für immer miteinander.«

Ein winziges Lächeln schlich sich auf seine Züge und für den Bruchteil eines Herzschlags erlaubte sich Fynn, in den höchsten Höhen des Himmels zu schweben. Denn natürlich hatte auch diese Möglichkeit einen Haken.

»Es bedeutet, dass eure Leben von nun an verbunden sind, ihr gehört zusammen. Aber es bedeutet auch, dass ihr gemeinsam sterbt. In dem Augenblick, in dem sie ihr Leben aushaucht, vergehst auch du.«

Ein endliches Leben.

Das schmeckte ganz merkwürdig auf der Zunge.

Fynn hatte noch nie über *das Ende* nachgedacht. Es war einfach nie Teil seines Kreislaufs gewesen. Er war der Wächter der Quelle und er würde es bleiben – hätte es bleiben sollen – bis die Quelle versiegte oder die Erde verging. Eine Ewigkeit, die nun zusammenschrumpfte auf die wenigen Tage, die ein Menschenleben zu bieten hatte. Vielleicht sechzig oder achtzig Jahre, von denen Lea schon einen guten Teil verlebt hatte.

Er betrachtet die schlafende Frau. Lange Atemzüge strichen über seine Zunge und gaben ihm Gelegenheit, den Geschmack der Sterblichkeit zu testen.

Endlichkeit. Ewigkeit.

Freud. Leid.

Liebe. Tod.

Aber am Ende war nichts davon wichtig. Es war egal, was mit ihm selbst passierte. Es ging um Leas Leben. Und deshalb gab es nur eine Entscheidung, die er treffen konnte.

»Ich kann nicht zulassen, dass sie stirbt. Nicht jetzt, am liebsten niemals.«

Er hörte die Enttäuschung in dem Seufzen, das sich durch die unterirdische Höhle zog und an den Felswänden widerhallte.

»Was findest du nur an ihr?«, fragte sie und ihre Stimme verlor sich in der Nacht.

Fynn musste lächeln »Ich weiß es auch nicht. Aber was es auch ist, es zieht mich immer wieder in ihre Richtung, eine Art von Gravitation, die stärker ist, als mein Wunsch für ewig zu leben.«

»Und du bist bereit, *alles* für sie aufzugeben?«

Das klang, als ob sie mehr damit meinte als nur sein Leben. Es bedeutete wohl, dass er mit seiner Unsterblichkeit auch seine Magie verlieren würde.

Es war ein simpler Tausch. Seine Verbindung mit ihr gegen seine Verbindung mit der Quelle.

Aber es gab nichts mehr zu überlegen, nichts mehr zu wollen, nichts mehr zu wünschen.

Wenn er ihr Leben retten konnte, dann würde er das tun. Wenn er dabei seine Magie verlor oder sein eigenes Leben, dann würde es so sein.

Anders könnte er niemals wieder glücklich werden.

Er nickte einmal. Kurz und bestimmt.

»Bist du dir sicher?«, fragte die Herrin.

Sicher? Was war das für eine Frage.

Er war sich nicht sicher, was Lea davon halten würde. Ja, sie hatte sein Leben gerettet, aber er hatte so viel Zeit damit verbracht, sie von sich wegzustoßen, dass er sich einfach nicht sicher war, ob sie ähnlich für ihn empfand.

Bei einer Sache jedoch war er sich ganz sicher. Denn egal, was das für ihn selbst bedeutete, er würde sie unter keinen Umständen sterben lassen.

»Ja, ich bin mir sicher«, sagte er.

Der Wind frischte auf, die Wirbel ergriffen sein Haar und trugen die Stimme der Herrin in tiefen Tönen durch die Nacht der Höhle. »So sei es«, donnerte sie und sprach seinen wahren Namen aus. Dann rief sie alle Geister des Waldes herbei. Die Magie wurde vom Wind in die Luft gehoben, strudelte in wilden Kreisen, wirbelte in violetten und rosafarbenen Ströme umeinander bis in den letzten Winkel der Höhle hinein. Der Punkt in Leas Mitte begann zu glühen und der hauchzarte Faden leuchtete auf.

»Das Letzte, was du noch tun musst, ist sie zu küssen.« Die Stimme der Herrin des Waldes füllte den gesamten Raum. »Wiederhole das, was sie im Kleinen begonnen hat, um das Ritual zu vollenden.« Ihre Stimme wurde leiser. »Ich halte es für einen Fehler. Denn, wenn sie tatsächlich bei dir bleibt, dann nur, weil sie sich schuldig fühlt. Sie gehört hier nicht her und wenn sie bleibt, dann hältst du sie im Wald gefangen wie ein Tier in einem Käfig. Dann bist du nicht besser als die Menschen.«

Ihre letzten Worte waren nur ein Flüstern, hallten immer wieder von den Wänden und vibrierten in seinem Kopf. Aber jetzt blieb keine Zeit darüber nachzudenken.

Er schob sie zur Seite und beugte sich zu Lea hinab. Die Farben der Magie wirbelten immer schneller durch die Luft, er zog ihren schlaffen Körper zu sich heran. Als er sie aufrichtete, flatterten ihre Lieder. Das zartbraune Moosgrün ihrer Augen glänzte im magischen Licht der Höhle und dann flackerte Erkennen in ihr auf.

»Fynn«, flüsterte sie.

Sein Blick fiel auf ihre Lippen und in diesem Augenblick war ihm völlig egal, was die Zukunft bringen würde. Für diesen einen Moment würde er sein ganzes Leben, seine gesamte Magie und all sein Glück hergeben.

* * *

Lea spürte eine Bewegung und kam langsam zu sich. Sie blinzelte verwirrt und ihr Kopf fühlte sich schwammig an. Mühsam erinnerte sie sich daran, wo sie war. Die Magie schlug rosaviolette Wellen um sie herum und dann erkannte sie Fynns eisblaue Augen über sich.

Fynn!

Er hielt sie in den Armen und er lebte. Er war bei Bewusstsein und sein ganzer Körper schien von innen heraus zu strahlen, glühte in der Magie, die durch die ganze Höhle flirrte.

Sein Blick war auf ihren Mund geheftet, er beugte sich zu ihr herunter und dann senkten sich seine Lippen auf ihre, in einem einzigen, zärtlichen, sommerweichen Kuss.

Feenflügel auf ihrer Haut, Sonnenstrahlen in ihrem Herzen und die Wärme seines Körpers, die ihren umfing.

Er zog sie noch dichter zu sich heran und Leas Herz stolperte mit schnellen Schlägen durch ihre Brust, sie grub ihre Hände in sein dichtes Haar, spürte seine Hände auf ihrem Rücken, seine Nähe bis tief unter ihre Haut und wollte für den Rest ihres Lebens nicht mehr loslassen.

Sein Puls raste unter ihren Fingern und seine Brust hob und senkte sich atemlos gegen ihre.

* * *

Die Magie war verschwunden, es war finsterste Nacht. Nur die Felsen schienen in blassestem Blau leise nachzuglühen. Eine sanfte Erinnerung an das, was gerade geschehen war.

»Was war das?«, fragte Fynn in die Stille hinein.

Sie lächelte verlegen. »Ein Kuss.«

Er lachte. »Und was für ein Kuss.«

Ein letztes Aufflackern, ein heftiges Ziehen in seiner Brust, dann war es vollbracht.

Die Stimme der Herrin flüsterte nur für seine Ohren: »Dir ist bewusst, dass selbst ich das Band nun nicht mehr lösen kann. Dein Leben ist endlich und fast schon vorbei.« Dann war sie verschwunden.

»Ich weiß«, antwortete er in die Dunkelheit.

»Ich liebe dich«, hauchte das Flüstern noch einmal.

Aber Fynn schwieg, denn die Wahl, vor die sie ihn gestellt hatte, fühlte sich nicht danach an.

»Wo ist die magische Quelle hin?«, fragte Lea.

Erst, als sie es aussprach, wurde ihm die Endgültigkeit der Stille bewusst. Kein Wasser plätscherte, nicht mal ein einziger Tropfen war zu hören. Die magische Quelle und auch das Wasser, das einst zu ihm gehört hatte, waren versiegt.

»Die Herrin des Waldes hat dir das Leben gerettet und den Eingang zur Höhle von Wasser befreit«, antwortete er und fasste damit das Wesentliche zusammen. »Komm, lass uns von hier verschwinden.«

Kapitel 28

In fast vollkommener Dunkelheit einen steilen Felsen hinaufzuklettern war beängstigend. Ohne Fynn unter sich hätte Lea bestimmt mehr als einmal einen Herzinfarkt bekommen. Und ohne den Lichtschacht über ihnen hätten sie es sicher gar nicht geschafft.

Die ganze Zeit während ihres Aufstiegs vibrierte ihr Körper in der Erinnerung an die Magie und vor allem an diesen zauberhaften Kuss.

Als sie endlich oben ankamen, wärmten die goldenen Sonnenstrahlen ihre klammen Finger. Lea ließ sich völlig erschöpft an den Rand des tiefen Kraters fallen, in dem noch vor kurzem Fynns Quelle gesprudelt hatte. Nun war der Stein nur noch feucht und glitzerte weiß im Licht des Nachmittags.

Fynn setzte sich schwer atmend neben sie und im selben Moment, als er den Boden berührte, gab es ein Krachen und Rumoren im Fels. Ein schabendes Kratzen, wie Kieselsteine, die über eine Schiefertafel geschleift wurden, dann ein Rumpeln. Ein dicker Gesteinsbrocken brach von dem Felsen ab und verschloss das Loch, durch das sie gerade in die Freiheit gekrochen waren.

Fynns Lippen waren schmal, als er dem feinen Steinchenregen zusah, der von den Nachwehen des winzigen Erdbebens in die Spalten rieselte.

»Was ist los?«, fragte Lea.

»Nichts.« Er schüttelte den Kopf.

Es war ganz offensichtlich irgendetwas.

Plötzlich lachte er bitter.

»Was denn?«

»Ich könnte mir fast einbilden, dass ich sie immer noch höre.« Er schloss kurz die Augen und atmete tief durch. »Komm, lass uns von hier verschwinden.«

Er stand auf und sie folgte ihm. Was war jetzt wieder passiert. Erst küsste er sie und dann war er so schweigsam wie … wie ein Stein.

Sie würde ihm noch bis zur Hütte Zeit lassen, aber dann war es endgültig Zeit für eine Aussprache. So ging es auf jeden Fall nicht weiter.

Sie kletterten den Hang hinunter, bogen an dem Baumstamm-Elefanten ab und waren noch nicht ganz angekommen, da blieb er plötzlich wie angewurzelt stehen.

»Da kommt jemand«, zischte er.

»Wer?« Sie fuhr herum, konnte aber niemanden entdecken. »Ich sehe nichts«, sagte sie. Aber Fynn war bereits verschwunden.

»Hey! Jetzt reicht's aber!«, rief sie ihm hinterher.

»Das finde ich auch«, sagte eine schnarrende Stimme und ein kleiner, untersetzter Mann trat zwischen den Bäumen hervor. Die Brille trug er in der Brusttasche seines karierten Hemdes. »Ich habe gehört, dass Sie die Straße vor dem alten Teeladen unter Wasser gesetzt haben«, sagte Herr Reisig. »Also entweder wollten Sie damit unterstreichen, dass Sie verrückt genug sind, sich dieses Anwesen hier zu kaufen, obwohl es offensichtlich eine komplette Fehlinvestition ist oder Sie haben in der Tat einen Sprung in der Schüssel.«

Lea hätte ihm am liebsten den Marsch geblasen. Aber sie riss sich zusammen. Schließlich konnte sie ihm schlecht erzählen, dass sie lediglich versucht hatte, einem Wassergeist das Leben zu retten.

Und dass es vor allem auch noch geklappt hatte.

Ihre Gedanken flogen zu dem unendlich süßen Kuss und ihre Hand wollte sich schon an ihre Lippen heben, aber sie ertappte sich rechtzeitig.

»Was wollen Sie?«, fragte sie, statt sich zu rechtfertigen.

»Ich habe gehört, dass Sie die Hütte samt Grundstück gekauft haben.«

Lea war sich nicht bewusst, dass die Sache schon abgewickelt war, aber offensichtlich hatte ihr Chef es sogar noch eiliger, als sie vermutet hatte.

Es störte sie auch nicht. Schließlich hatte sie nicht vor, ihre Meinung zu ändern, erst recht nicht nach dem, was gerade passiert war. Also nickte sie und verschränkte die Arme vor der Brust. »Das ist richtig.«

»Ich möchte Sie hiermit darauf hinweisen, dass die Delikte, die der Vorbesitzer begangen hat, sich durch den Verkauf nicht einfach in Luft auflösen. Die Sickergrube muss entfernt werden und es wird eine vollständige Prüfung stattfinden. Der gute Herr Walter kommt nicht um die Konsequenzen und Kosten herum, nur, weil er seine Geliebte als Eigentümerin einsetzt.«

Geliebte? Lea schnappte nach Luft. »Jetzt hören Sie mal, ich bin doch nicht seine *Geliebte*!«

»Ach nein? Sie tauchen hier auf, wohnen in seiner Hütte, jetzt kaufen Sie plötzlich sein Grundstück … Ich bin doch nicht blöd. Da muss man doch nur zwei und zwei zusammenzählen.«

»Aber Sie waren doch selber dabei, als ich auf seine Frau getroffen bin. Hat das nach einem Ehedrama für sie ausgesehen?«

Seine Augen wurden schmal und er setzte sich Richtung Hütte in Bewegung. »Nur, weil er gut lügt, muss das nichts zu sagen haben. Oder vielleicht werden Sie dafür befördert oder bekommen einen neuen Fernseher.«

Er zuckte mit den Schultern. »Um ehrlich zu sein ist mir völlig egal, wie Ihre genaue Vereinbarung aussieht. Aber ich werde nicht zulassen, dass dieser hinterhältige Kerl seinen Willen bekommt. Es wird Zeit, dass er für seine Sünden bezahlt.« Er setzte sich Richtung Hütte in Bewegung.

Sünden. Meine Güte, wie theatralisch.

Lea stolperte dem kleinen Mann hinterher. »Aber ich dachte, er hätte sich für das Mobbing entschuldigt und Sie hätten angenommen.«

Er schnalzte ungeduldig mit der Zunge. »Sicher. Weil man sich für dreißig Jahre in der Psychiatrie so einfach entschuldigen kann.« Er blieb stehen und sah sie aus stechenden Augen an. »Wissen Sie, ich will Sie mal sehen, wenn der Kerl, der sie während der Schule immer wieder bloßgestellt hat, die Liebe Ihres Lebens heiratet und dann vorbeikommt, um *Ups, Verzeihung* zu sagen.«

Sofort drehte er sich wieder herum und stapfte weiter Richtung Hütte. »Soll er mal sehen, wie sich das anfühlt, wenn ihm etwas weggenommen wird, das ihm wirklich etwas bedeutet.«

In dem Moment hörten sie ein Schaben und Krachen, das immer lauter wurde. Ein Geräusch, das noch viel gewaltiger war als der Felsen, der den Eingang verschlossen hatte. Ein Rumpeln, das zu einem gigantischen Donner anschwoll und den Boden unter ihren Füßen zum Beben brachte. Sie schwankten und Reisig stürzte, während das Geräusch noch weiter anschwoll. Es war ein so allumfassendes Dröhnen, dass kalte Angst in Leas Mitte aufbrandete und ihr die Luft abschnürte. Sie hätte sich nicht gewundert, wenn sich jeden Moment der Boden unter ihren Füßen aufgetan hätte, um sie zu verschlingen.

Dann hörte es auf, genauso schnell wie es gekommen war.

Lea hatte immer noch das Gefühl, der Boden würde schwanken und stützte sich an einem Baumstamm ab. »Was war das?«, flüsterte sie.

Aber Reisig antwortete ihr nicht. Er stand auf und marschierte weiter.

Lea folgte ihm und hätte ihn bald umgerannt, weil er so plötzlich stehen blieb. Vor ihnen lag die Hütte. Oder zumindest die Stelle, an der irgendwann einmal die Hütte gewesen war.

Jetzt war sie bedeckt von Erde und Stein, ihr Dach war halb eingestürzt und eines war ganz sicher: Hier würde so bald niemand mehr wohnen.

Lea schluckte und hatte keine Ahnung, was sie sagen oder denken sollte. Da begann Herr Reisig aus voller Kehle zu lachen. »Das geschieht dem alten Walter recht.« Sein Lachen wurde noch lauter und noch hysterischer. »Jetzt hat er's endlich heimgezahlt bekommen. Gibt es also doch noch Gerechtigkeit.« Er lachte, dass sein Bauch wackelte. »Können Sie ihm gleich erzählen.« Er bekam sich gar nicht wieder ein. »Sein ach so toller Plan ist leider nicht aufgegangen. Die Natur hat sich zurückgeholt, was ihr gehört. Jetzt kann er seine bescheuerte Sickergrube behalten. Nur leider gibt's kein Klo mehr, auf das er sich setzen könnte.« Noch ein Lachanfall schüttelte ihn und damit drehte er sich um und marschierte gackernd und beschwingten Schrittes den Berg wieder hinunter.

Lea stand einfach nur da und starrte auf den riesigen Haufen feuchten Dreck, der mitten in das Wohnzimmer der kleinen Hütte rieselte.

Kapitel 29

Das hätte nicht passieren dürfen.

Fynn stand auf dem Felsen, von dem ein mittelgroßer Erdrutsch abgegangen war und starrte nach unten.

Das hätte eigentlich gar nicht passieren *können*. Die Herrin des Waldes hatte ihm doch gesagt, dass er seine Magie opferte, wenn er Lea das Leben rettete. Oder?

Aber hier stand er und blickte auf den unübersehbaren Gegenbeweis.

Er hatte das Wasser gerufen, den Boden durchdrungen, die Erde bewegt und das Haus begraben.

Schließlich hatte Lea es doch selbst gesagt. In einem nur dunkel erinnerten Satz, gesprochen in einem kaum erinnerten Nebel aus halber Bewusstlosigkeit. Da hatte sie zu ihm gesagt, dass es das Beste wäre, wenn das Haus einstürzte, denn dann hätte sie keine Probleme mehr.

Und diesen Wunsch hatte er ihr nun erfüllt.

Gleichzeitig hatte er ihr auch den Raum zum Leben genommen. Denn eins wusste er mit Sicherheit, sie würde nicht im Freien auf der Erde schlafen. Sie wollte nicht ihr ganzes Leben vollständig für ihn aufgeben und das sollte sie auch nicht.

Das durfte sie gar nicht.

Damit konnte sie nicht glücklich werden. Genauso wenig wie ein Tier im Käfig.

Die Worte der Herrin des Waldes hallten wieder in seinem Kopf, wie schon die ganze Zeit seit sie aus der magischen Quelle aufgetaucht waren. In diesem Punkt hatte sie recht gehabt. Er wollte Lea nicht einsperren. Sie sollte die Freiheit haben zu gehen.

Und deshalb durfte sie niemals erfahren, was er für sie aufgegeben hatte. Sonst würde sie sich verpflichtet fühlen etwas zu tun, was sie eigentlich gar nicht wollte.

Natürlich würde er trotzdem sterben, wenn sie diese Welt verließ, aber das war unwichtig. Solange er nur wusste, dass sie in der Zeit, die ihr blieb, ein glückliches Leben führte.

Dass er seine Magie nun doch behalten durfte, war nur ein Bonus. Ein kleiner Trost in endloser Einsamkeit.

***

Sie war unglaublich erleichtert, als sie Fynn entdeckte.

Lea strich sich die Haare aus der Stirn und stemmte halb lachend die Hände in die Hüften. »Ganz so gründlich hättest du aber nicht sein müssen«, rief sie ihm zu. »Wo soll ich denn jetzt schlafen?«, fragte sie halb vorwurfsvoll.

Aber Fynn lachte nicht. Er blickte sie ernst und fast schon traurig an, sodass sich ein mulmiges Gefühl in ihrer Magengrube ausbreitete. Pelzig und merkwürdig schal.

Dicht vor ihr blieb er stehen und sah ihr tief in die Augen. Angst webte ein enges Netz um ihre Brust und zog sich langsam zusammen. Was war nur mit ihm los?

»Was ist? Warum siehst du mich so an?«

»Alles ist genau so, wie es sein sollte«, sagte er. Seine Stimme klang hart und er musste schlucken. »Du brauchst keinen Ort zum Schlafen, denn du wirst wieder gehen. Das hier …« Er machte eine Geste, die sie beide und den gesamten Wald einschloss. »Das hier kann nicht funktionieren. Ich bin ein Wassergeist, ich lebe ewig und ewig zwischen den Bäumen. Du weißt, ich kann in der Stadt nicht existieren und das bedeutet, du wärst hier für den Rest deines Lebens gefangen.«

»Aber ich bin doch nicht gefangen.« Sie machte einen halben Schritt auf ihn zu, aber er wich zurück.

»Ich habe mir das doch selber ausgesucht.« Ihre Worte stolperten fast übereinander. »Himmel, es war doch meine Idee, das Grundstück zu kaufen. Dazu hat mich doch niemand gezwungen.«

»Es ist nicht deine natürliche Umgebung«, sagte er ruhig. »Es wäre nur ein großer Käfig.«

Lea schnappte nach Luft. »Wie kommst du denn auf so einen verrückten Unsinn? Solange ich freiwillig hier bin, ist es doch kein Gefängnis. Und sieh dich doch mal um.« Diesmal machte sie eine große Geste. »Es ist wunderschön hier, es ist atemberaubend, es ist … magisch. Es ist schöner als alles, was ich vorher jemals gesehen habe.« Sie sah ihn fest an. »Und das Wichtigste ist, ich bin bei dir und ich …« Es musste raus. Verdammt noch mal, es musste endlich gesagt werden. Egal, was er dazu sagte. Es war Zeit. Sie nahm all ihren Mut zusammen und sie sprang. »Ich liebe dich«, sagte sie und sprach schnell weiter, damit er nicht sofort antworten konnte. »Wenn du mich nicht wiederliebst, dann kann ich das verstehen. Wenn du sagst, dass du mir nicht dabei zusehen möchtest, wie ich alt und schrumpelig werde, dann ist auch das in Ordnung – irgendwie.« Ihre Brust krampfte sich bei dem Gedanken zusammen und sie ballte die Hände zu Fäusten. »Aber schick mich nicht unter so einem bescheuerten Vorwand in die Wüste, dass ich hier gefangen wäre. Ich bin ein großes Mädchen, ich kann meine eigenen Entscheidungen treffen. Und ich liebe dich und ich möchte verdammt noch mal bei dir bleiben. Dabei ist es mir eigentlich völlig egal, wo das ist. Aber wenn ich so viel Glück habe und den Rest meiner Tage *hier* mit dir verbringen darf, dann ist das ein verdammt noch mal riesiges Geschenk.« Sie wollte noch mehr sagen. Irgendetwas. Aber ihr Mund blieb geschlossen. Atemlos starrte sie ihn an und wartete auf eine Reaktion, auf eine Antwort, irgendetwas. Aber entweder war er vor Freude sprachlos oder sie hatte ihn so überrannt, dass er jetzt versuchte herauszufinden, wie er am schnellsten die Flucht ergreifen konnte.

Ihr Herz polterte laut in ihrer Brust herum und sackte ihr zwischen die Knie, als er den Mund aufmachte und gleich wieder schloss.

Dann lächelte er ganz unvermittelt, packte sie an den Schultern, zog sie an sich und drückte seine Lippen auf ihre. Heißes Blut rauschte ihr durch die Ohren, schwemmte in ihre Mitte, versetzte ihr Innerstes in Brand und ließ sie atemlos in seine Arme sinken.

Schließlich grub er seine Nase in ihr Haar und zog sie nur noch dichter an sich. Dabei flüsterte er zärtlich in ihr Ohr. »Du nennst es Liebe. Ich weiß nicht, ob es dafür ein Wort geben sollte. Aber es ist ein Gefühl, das mich immer in deine Richtung zieht. Egal, ob ich weit entfernt bin oder direkt neben dir stehe. Es fühlt sich an, wie eine magische Anziehungskraft, ein prickelnder Zauber unter meiner Haut, der mich mit dir verbindet und niemals endet.«

Lea spürte ein seliges Lächeln auf ihren Lippen und grub ihr Gesicht in die Kuhle zwischen seinem Kinn und seiner Schulter.

»Es tut mir leid, dass du irgendwann eine Ewigkeit ohne mich leben musst«, flüsterte sie zurück. Ihr Hals war trocken und ihre Stimme brach fast.

Plötzlich spürte sie Feuchtigkeit an ihrer Wange. Sie machte sich ein bisschen los und sah ihn an. »Es tut mir leid«, sagte sie und wusste gar nicht, wohin mit dem stechenden Gefühl in ihrer Brust.

Aber er schüttelte den Kopf und dann erzählte er, was in der Höhle während ihrer Bewusstlosigkeit passiert war. Es brach aus ihm heraus wie ein Gewitter, donnerte über sie weg und verschlug ihr die Sprache. Und er entschuldigte sich sofort, gleich hundertmal, dass er es überhaupt erzählt hatte.

Er versicherte, dass er es eigentlich gar nicht hatte erzählen wollen und schon gar nicht, als er noch glaubte, dass es besser für sie wäre zu gehen. Seine Worte rauschten auf sie ein wie ein kleiner Wasserfall.

Sie legte ihre Finger auf seine Lippen und er verstummte, sah sie aufmerksam aus großen, blauen Augen an.

Denn es gab in all dem nur einen einzigen wichtigen Satz, den sie gehört hatte.

Er starb? Zusammen mit ihr?

Eisiger Schock kroch durch ihre Adern. Das konnte nicht sein, das durfte nicht sein. »Das … das tut mir so leid. Ich wollte nicht … ich wollte dich nicht umbringen.« Sie senkte ihren Blick und spürte Eissplitter durch ihre Adern rasen, versuchte das Ausmaß dessen zu erkennen, was er ihr gerade eröffnet hatte.

Aber er legte einen Finger an ihr Kinn und hob ihren Kopf. »Du musst dich nicht entschuldigen. Sie hat sich geirrt. Sie hat mich nicht verflucht. Im Gegenteil, sie hat mich befreit.«

Lea wollte ihr Gesicht wegdrehen, rieb sich schnell über die feuchten Augen und lachte bitter. »Ach ja, wie das denn?«

»Hey, sieh mich an.« Ganz zärtlich legte er seine Hände um ihr Gesicht und sie sah hoch.

»Ich könnte mir nichts Schrecklicheres vorstellen, als auch nur einen Tag ohne dich zu verbringen, geschweige denn den Rest der Ewigkeit ohne dich zu sein. Ich liebe dich und ich bin froh über jede Minute, die ich mit dir zusammen sein darf. Und ich werde glücklich sein, wenn ich meinen letzten Atemzug mit dir gemeinsam tue.«

»Aber was ist mit deiner Magie? Was ist mit deiner Quelle? Hat sie dir *alles* genommen?«

»Das habe ich gedacht. Und ich hätte all das sofort aufgeben, für ein Leben mit dir. Aber …« Er warf einen Blick auf das halb zusammengestürzte Haus. »So wie es aussieht, muss ich das gar nicht. Ich schätze, jetzt bin ich eine Art Hexer.« Er grinste schief und kratzte sich am Hinterkopf.

»Das heißt, jetzt bist du ein echter Mensch … mit einem Funken?«

»Es sieht so aus.«

Lea sah ihn nachdenklich an und dann machte es plötzlich *Klick*. »Sie hat dich gar nicht verflucht«, sagte sie bestimmt.

Er sah sie aufmerksam an und legte den Kopf zur Seite. »Natürlich hat sie das, sie würde sicher nicht lügen. Außerdem kann ich die Verbindung eindeutig sehen.« Er zeichnete eine Linie in die Luft, die ihre beiden Herzen verband. »Unsere Lebenslinien sind ganz eindeutig miteinander verknüpft.«

»Ja … nein … ich meine, sie liebt dich.«

»Dann hat sie aber eine sehr merkwürdige Art, das zu zeigen.«

Lea schüttelte ernst den Kopf. »Überleg doch mal, sie kannte dein Schicksal. Du hast mir doch ihre Geschichte erzählt, dass sie sich selbst in einen Sterblichen verliebt hatte und nun ohne ihn leben muss. Und um dich davor zu beschützen, hat sie dir zwei Möglichkeiten geschenkt.« Sie hob den Zeigefinger. »Einmal, mich zu töten und dein Leiden zu beenden, bevor es überhaupt richtig angefangen hat. Weil du ja noch keine Zeit hattest, eine tiefe Beziehung mit mir einzugehen.« Sie streckte einen zweiten Finger in die Luft. »Die Alternative war, dich sterblich zu machen. Damit kommst du sicher nicht in dieselbe Situation wie sie. Du musst auf keinen Fall die Ewigkeit ohne mich verbringen. Und das ist noch nicht alles.« Sie machte eine dramatische Pause. »Damit hat sie selbst das größte Opfer gebracht, das man überhaupt bringen kann. Nun wird sie nämlich irgendwann auch noch ohne dich leben müssen. Für immer.« Die letzten Worte hatte Lea geflüstert. Und sie konnte in Fynns Blick lesen, dass sie recht hatte. Denn seine Augen wurden für einen Sekundenbruchteil weich, bevor sie sich wieder verhärteten. »Trotzdem hätte sie dich am liebsten umgebracht.« Er würde wohl noch ein bisschen brauchen, um das zu verarbeiten.

Lea verdrehte die Augen. »Ich sag auch nicht, dass ich sie für einen Beliebtheitswettbewerb nominieren möchte. Ich sage nur, dass sie im Rahmen ihrer Möglichkeiten das getan hat, was in ihren Augen das Beste für dich ist.«

Fynn schnaubte. »Also, ich glaube nicht, dass das ihre Intention war.«

»Pst«, machte Lea. »Was ist das?«

Sie hörte ein leises Plätschern, konnte aber nicht genau sagen, woher das Geräusch kam. Sie sah sich um.

Als wären seine Worte ein Zeichen gewesen, rieselte plötzlich Wasser oben vom Fels herunter, landete auf den Überresten des Hüttendachs, tropft von dort herunter und sammelte sich in einer kleinen Mulde direkt neben dem eingestürzten Haus.

Fynns Mund stand offen.

»Was?«, fragte Lea und verstand nicht, was ihn so schockierte.

»Ich … ich habe gedacht, sie wäre versiegt. Aber … sie hat sie umgeleitet. Ich glaub's nicht, das … ich meine … vielleicht hast du am Ende doch recht gehabt.« Ein Lächeln breitete sich auf seinen Lippen aus.

»Also bist du jetzt doch kein Hexer?«

Er kratzte sich am Kinn. Dann streckte er die Hand aus und sie wurde durchsichtig. »Eher so eine Art sterblicher Wassergeist?« Er klang nachdenklich und gleichzeitig glücklich und verwirrt.

»Ha!« Sie knuffte ihn spielerisch in die Seite. »Jetzt wünschst du dir wahrscheinlich doch, dass du nicht ganz so gründlich bei deiner Hauszerstörungsaktion gewesen wärst, was?«

Er kratzte sich am Kinn. »Ich glaube, da kann man vielleicht noch etwas machen.«

»Ach ja? Also für mich sieht das ehrlich gesagt nach einem ziemlich verlorenen Fall aus. Wir können uns wahrscheinlich glücklich schätzen, dass die Benzinkanister und der Gaskocher nicht hochgegangen sind.«

In der Tat wirkte das, was von der Hütte noch übrig war eher wie ein künstlicher Hügel, aus dem dicke Stammgräten herausstachen.

Fynn ging zu dem Berg aus Holz und Erde und Geröll und hockte sich da auf den Boden, wo irgendwann einmal die Efeupflanze am Haus emporgerankt war.

»Ich denke, mit ein bisschen Überredungskunst bekommen wir das schon wieder hin.« Er lächelte und als er den Boden berührte, begann sich das Efeu unter seinen Händen zu winden. Es bildete neue Triebe, Blätterknospen schlugen aus und im Handumdrehen wuchs die Ranke an den Überresten des Hauses empor, hob die Mitte des Dachstuhls wieder an, kletterte um die schweren Balken herum, wölbte, wand und wucherte sich in das Haus hinein und Lea sah mit großen Augen zu, wie vor ihren Augen ein märchenhaftes kleines Waldhaus aus dem Schmutz emporwuchs.

Ein richtiges, kleines, verzaubertes Schloss aus Blättern und Ranken. Und als sie einen Blick hineinwarf, wirkte der Innenraum aus dicken Wurzeln wie eine magische Höhle.

»Wow«, flüsterte sie. »Das ist der Wahnsinn.«

Er lachte. »Dankeschön. Es freut mich, dass es dir gefällt.«

Lea lächelte und spürte ein warmes Glühen in ihrer Mitte. Es war perfekt. »Und was wünschst du dir?«, fragte sie.

»Fängst du schon wieder damit an?« Er verdrehte die Augen.

»Nein, ich meine nur, du hast so etwas absolut Wundervolles für mich gezaubert, ich wüsste einfach nur gerne, was ich Gutes für dich tun kann. Nicht als Gegenleistung, sondern einfach nur, weil ich es will, weil ich dich liebe und weil ich mir von Herzen wünsche, dass du genauso glücklich bist wie ich.«

»Oh, ich glaube, uns beiden fällt da sicher schon etwas ein.« Er zog sie zu sich heran, schlang seine Arme um ihre Taille und bedeckte ihre Lippen mit einem honigsüßen Kuss.

Möchtest du mehr?

Kostenlos: Als Leser erhältst du exklusiven Zugang zum: *Bonuskapitel: Im Teeladen*. Melde dich mit dem nachfolgenden Code auf der darunter stehenden Website an. Nach der Anmeldung und Bestätigung erhältst du eine E-Mail mit deinem Download-Link.

Bonus-Code:

445-873-569

Gib den Code auf dieser Website ein:

www.jvellguth.de/imteeladen

Die Welt zwischen den Zeilen.

Isabel hat eine unglaubliche Fähigkeit, die es ihr erlaubt, in die Welt der Bücher einzusteigen und dadurch mitten im Leben der Romanfiguren zu existieren. Allerdings immer nur als unbeteiligte Beobachterin. Zumindest bis zu dem einen Tag, an dem sich alles ändert und Aschenputtels Prinz plötzlich mit ihr spricht. Es entsteht eine Liebe, die so überwältigend, surreal und hoffnungslos ist, dass Isabel sich selbst darin zu verlieren droht.

Eine Zeitreise der ganz anderen Art beginnt, denn Isabels Geschichte spielt zwischen den Zeilen einer Welt, die nicht ihre eigene ist. Einer Welt, in der Hoffnung und Liebe, Schwäche und Kraft, Traum und Realität aufeinanderprallen und sie an den Rand ihrer eigenen Existenz führen.

Isabels Geschichte enthält Spoiler zu meinem Buch »*Zauberhaftes Aschenputtel*«. Trotzdem können die beiden Geschichten unabhängig voneinander gelesen werden.

Zauberhaftes Aschenputtel

Anna hat einen Traum: Sie möchte den Prinzen heiraten. Seit ihrer frühesten Kindheit streben sie und ihre Mutter nur auf dieses eine Ziel hin. Als ihre Mutter stirbt und ihr Vater sich eine neue Frau mit zwei Töchtern wählt, gerät Annas Welt aus den Fugen. Sie leidet schwer unter der grausamen Boshaftigkeit ihrer neuen Familie.

Nur die Entdeckung, dass die Feen im Wald doch keine Hirngespinste ihres Urgroßvaters waren, lässt sie ihren Lebensmut nicht ganz verlieren. Zu allem Überfluss verliebt sie sich auch noch Hals über Kopf in den nicht standesgemäßen Jägersmann aus dem Wald. Wie kann sie ihr Schicksal nur wieder in die richtigen Bahnen lenken, ohne den letzten Wunsch ihrer Mutter zu verraten?

Diese Geschichte erzählt von der Verwandlung eines Mädchens in eine junge Frau, von Aschenputtel zur Prinzessin und singt eine Weise von der Schwäche und der wahren Macht, die in jedem von uns schlummern.

#FolgeDeinemHerzen

Sommerliebe in New York – Jung, engagiert und auf dem besten Weg, eine erfolgreiche New Yorker Tierärztin zu werden, hat Sara beschlossen, ihrer besten Freundin das ultimative Geburtstagsgeschenk zu machen.

Die Sache hat dummerweise einen Haken – als Gegenleistung muss sie sich auf ein Date mit dem berühmten Vlogger und Frauenheld BigJake einlassen. Was für andere der Hauptgewinn wäre, ist für Sara ein Stelldichein mit ihrer größten Angst.

Was steckt hinter ihren Gefühlen und kann sie nach der Begegnung mit Jake tatsächlich einfach weitermachen wie bisher?

Eine moderne Sommer-Romanze mit quirligen Vierbeinern, Cupcakes im Central Park und einem legendären Sonnyboy – Liebe inbegriffen.

Über die Autorin:

Erst, wenn der Leser mitten in die Geschichte taucht, unter die Haut der Charaktere schlüpft und auf der äußersten Stuhlkante sitzt, um herauszufinden, wie es gleich weitergeht, ist sie wirklich zufrieden. Jacqueline Vellguth schreibt schon seit ihrer Teenagerzeit und fühlt sich dabei in modernen Liebesgeschichten genauso zu Hause wie in Märchen, Superhelden-Romanen oder Urban-Fantasy-Abenteuern. Heute wohnt sie mit ihrem Mann und zwei Kindern in der Nähe von Köln. Wenn sie nicht gerade schreibt, denkt sie über ihre Geschichten nach, geht im Schlosspark spazieren, backt Tassenkuchen oder macht die umliegenden Spielplätze unsicher – am liebsten geht sie rutschen – mit ihren Kindern, natürlich.

Für Leseproben und noch viel mehr:

www.jvellguth.de

39851757R00132

Printed in Poland
by Amazon Fulfillment
Poland Sp. z o.o., Wrocław